anagramma

550

Acquired from wattpad under the title: *The Cell Phone Swap*

First published in English under the title: *Textrovert*

Traduzione dall'inglese di Elena Paganelli e Daniela Palmerini

Prima edizione: maggio 2017

Roma, Casella postale 6214

ISBN 978-88-227-0618-8

www.newtoncompton.com

Realizzazione a cura di Pachi Guarini per The Bookmakers Studio editoriale, Roma
Stampato nel maggio 2017 presso Puntoweb s.r.l., Ariccia (Roma)
su carta prodotta con pasta termomeccanica, senza utilizzo di cloro,
proveniente da foreste controllate, nel rispetto delle normative ambientali vigenti

Lindsey Summers

Destiny

Un amore in gioco

Newton Compton editori

Per i miei lettori di Wattpad.
Vi voglio bene.

Capitolo 1
Ho perso il telefono

La sorte aveva avuto un contorto senso dell'umorismo. O era questo, o ce l'aveva con lei, poiché era davvero impossibile che dovesse capitare a lei un fratello gemello così.

«E dài, Keels», la supplicò Zach. Quell'espressione seria e ingenua poteva far presa sulla mamma, ma Keeley era di altro avviso.

«Le chiavi non le avrai», gli disse.

«Ti prego».

«Assolutamente no».

«Hai avuto l'auto per tutto il giorno!».

«E tu ti sei alzato un'ora fa».

«E allora?», la schernì lui, comportandosi non come i suoi diciassette anni avrebbero richiesto.

«Ha già fatto buio, non va bene».

«È estate. E poi tu non dovresti parlare: ieri hai dormito fino a mezzogiorno».

Aveva sperato che non se ne accorgesse. «Ero stanca».

«Leggere è così stancante…».

«Non capisci niente». La maratona di lettura non è per deboli di cuore: ci vogliono dedizione e una vescica enorme per starsene ore e ore seduti in poltrona.

Zach iniziò a ridacchiare. «L'unico movimento che fai consiste nel voltare le pagine o nel mangiare uno snack».

«Ma faccio molto movimento qui dentro», gli rispose lei toccandosi la tempia.

«Keeley», le disse con quel tono quieto che la faceva infuriare. «È il mio primo giorno libero da tre settimane e, in quanto capitano della squadra di football del liceo…».

Keeley alzò lo sguardo al cielo. Avevano gli occhi dello stesso colore vivace. Se fosse rimasta ad ascoltare un'altra volta la tiritera da "Io-Sono-Il-Capitano-Perciò-Sono-Dio", avrebbe finito col tirargli un cazzotto sul naso. Non aveva fatto altro che andarsene in giro per la casa con aria da pavone da quando, due settimane prima, la squadra lo aveva eletto capitano. Non che quella decisione fosse stata una sorpresa: Zach era un leader nato, ma Keeley desiderava solo che il fratello limitasse al campo il suo bisogno di controllo. In breve tempo, il comportamento di Zach aveva iniziato a darle sui nervi.

«Mamma e papà hanno dato l'auto a tutti e due, quindi io ho lo stesso diritto di usarla che hai tu», concluse lui.

«E il novanta per cento del tempo la guidi tu».

«Perché io sono quello a cui serve *davvero*».

Quell'allusione le diede fastidio, ma lasciò stare: non valeva la pena rischiare di farsi venire un mal di testa. «Bene, adesso mi serve. Il luna park chiude fra mezz'ora».

«Allora fatti riaccompagnare a casa da Nicky, sono certo che sia qui da qualche parte».

Certo che Nicky era nei paraggi: lei e Keeley erano amiche del cuore dall'asilo. La maggior parte delle persone aveva sempre ritenuto che fosse Nicky la sua gemella e non Zach. Ma che lei tenesse l'auto era una questione di principio: Keeley era stata la prima ad averne le chiavi, perciò se la teneva stretta perfino quando poteva rimediare un passaggio da qualcun altro.

E proprio in quel momento ecco tornare Nicky, che si era allontanata per andare a dare un'occhiata alla fila della ruota panoramica. «Non c'è troppa gente», disse, «ma il luna park chiude fra venti minuti, quindi faremmo meglio ad avviarci». Ogni anno le ragazze vedevano nel luna park il gran finale dell'estate. Di solito ci andava anche Zach, ma aveva smesso di farlo quando aveva iniziato a frequentare il ginnasio. Diceva che era superiore a una cosa tanto puerile.

«Visto? Adesso fuori le chiavi!», disse Zach muovendo le dita di fronte a Keeley. «Ho da fare».

Keeley allontanò la mano del fratello. «Perché tutta questa fretta?»

«Che ti importa?».

Fu in quel momento che capì. «Stai andando a casa di Cort!». Cort, il migliore amico di Zach, organizzava delle feste memorabili quando i suoi genitori erano fuori città. «Credevo che fosse partito per il weekend».

«Ha deciso di restare a casa». Grattandosi il collo,

Zach si lasciò andare a un lungo sospiro. «Senti, se mi dai le chiavi ti faccio copiare i miei compiti».

Era un'offerta allettante, dal momento che, per tutta l'estate, Keeley non aveva aperto nemmeno un libro. La primavera precedente, iscriversi ai corsi di preparazione al college le era sembrata una buona idea, soprattutto perché li frequentavano anche Zach e Nicky, ma ora che l'estate volgeva al termine e si prospettava un anno di studio a livello universitario, be'... iniziava a pentirsi.

«E svolgerò le tue faccende per una settimana», aggiunse Zach.

«Un mese», rispose lei.

«Due settimane».

«Tre».

«Due e mezza». Quando iniziò a protestare, lui le tirò la coda di cavallo, proprio come faceva quando erano bambini. «Ti prego, fallo per me».

Keeley iniziò a addolcirsi. Dannazione, Zach giocava sporco. «Solo se mi prometti di chiamarmi se ti serve un passaggio a casa». Zach non era uno che beveva molto, ma quando lo faceva spingeva sull'acceleratore, e lei si preoccupava sempre che lui potesse fare qualcosa di stupido come bere e poi mettersi alla guida. Zach era snervante, ma era suo fratello, e lei non voleva che gli accadesse nulla di male. Se non stava a lei prendersi cura di lui... allora a chi?

«E non lo dirai a mamma e papà?».

Gli lanciò le chiavi. «L'ho mai fatto?»

«Sei la migliore», gridò Zach mentre si allontanava di corsa.

«Credo di conoscere il motivo di tutta questa fretta», disse Nicky. Con la testa fece un cenno verso una rossa da urlo dalla pelle chiara e dalla scollatura che lei si sarebbe solo potuta sognare. Zach si chinò a sussurrarle qualcosa all'orecchio, poi le passò un braccio intorno alla vita e insieme si avviarono all'uscita.

«Nell'auto no! Assolutamente no!». Keeley iniziò a frugare nella borsa pronta a chiamarlo per dirgliene quattro, poiché l'ultima volta che Zach aveva portato una ragazza a fare un giro in auto lei aveva trovato un reggiseno sul sedile posteriore. «Nicky, non è che hai tu il mio cellulare?»

«Di nuovo?», si lamentò l'amica. «È il terzo che perdi in sei mesi».

«Non c'è bisogno che me lo ricordi, c'ero anche io!», disse Keeley. Aveva ancora bene a mente la ramanzina che i suoi genitori le avevano fatto sul senso di responsabilità. «Lo hai tu?»

«Non me l'hai mai dato».

Imprecando, Keeley si inginocchiò per svuotare la borsa. Doveva trovare quel cellulare: i suoi genitori si sarebbero rifiutati di comprargliene un altro, e l'idea di iniziare l'ultimo anno senza telefono era impensabile.

Nicky le si inginocchiò accanto. «Eppure ce l'avevi mentre stavamo mangiando le frittelle, me lo ricordo perché Zach continuava a scriverti».

«Okay». Keeley aveva mandato giù l'ultimo pezzetto di dolce e il resto del suo milk shake alla vaniglia, aveva afferrato la sua borsa e: «Maledizione! Credo di averlo lasciato sul tavolo». I suoi genitori l'avrebbero uccisa: quel cellulare era nuovo di zecca, e lei non aveva ancora comprato una custodia né aveva scaricato alcuna app.

Nicky l'aiutò a raccogliere le sue cose. «Dài, è passata solo mezz'ora, magari è ancora lì».

Mordendosi il labbro, Keeley lanciò un'occhiata alla ruota panoramica: non c'era proprio modo di raggiungere l'area ristoranti del luna park e tornare in tempo per salirci. Tuttavia non potevano *non* fare un giro, era tradizione! Alzandosi in piedi, Keeley si mise la borsa in spalla e iniziò a correre. «Mettiti in fila!», gridò, ignorando le urla confuse di Nicky. «Ci vediamo lì!».

Facendosi largo tra la folla, corse più in fretta che poté, ma c'era troppa gente: vide un posto libero appena oltre il perimetro del luna park, fece uno scatto e si lanciò di corsa verso l'area ristoranti. Ormai quasi senza fiato, vide il tavolo e rallentò. Le tremavano le gambe.

«Quindici minuti. Quindici minuti alla chiusura del luna park», annunciò una voce dall'altoparlante.

«Ti prego, ti prego, ti prego», continuava a cantilenare Keeley. Ma quando arrivò al tavolo, era vuoto. Frustrata, diede un calcio a una sedia, facendola cadere. I presenti iniziarono a fissarla, alcuni addirittura arrivarono al punto di estrarre il cellulare per riprenderla. Paonazza, Keeley si chinò a sollevarla. Fu proprio in quell'istante che, sotto al tavolo, vide un cellulare nero nascosto dalle erbacce. *Bingo!* La fortuna era proprio dalla sua, quel giorno.

Quando arrivò alla ruota panoramica, Nicky era quasi giunta al termine della fila. «Lo hai trovato?», le chiese l'amica, mentre lei si avvicinava.

Sorridendo, Keeley alzò il pollice. Nicky scosse la testa, come se non riuscisse a credere alla fortuna della sua amica. Era un bene che lo avesse trovato. Non aveva ancora impostato il pin: non appena aveva acquistato il cellulare, Zach le aveva consigliato di farlo, ma lei non gli aveva dato retta. Magari questo piccolo inconveniente se lo sarebbe potuto tenere per sé. Non voleva sentire la solita tiritera del "Te l'avevo detto". Detestava quella frase. Si stava già preparando, perché sapeva che le sarebbe piovuta addosso quando le avrebbe passato i compiti estivi. *Ma forse…* Keeley lanciò un'occhiata a Nicky. «*Allora?* Come procedono i compiti? Li hai terminati?».

Ecco un sorrisetto scaltro. «Pensavo che avresti copiato da Zach».

«Non posso copiare parola per parola. Gli insegnanti se ne accorgerebbero».

«Cosa ti è rimasto da fare?».

L'espressione di Keeley si fece imbarazzata. «Tutto quanto». Per tutta l'estate *aveva avuto intenzione* di cominciare.

«Perché la cosa non mi sorprende?»

«Procrastinare mi rinvigorisce», insistette Keeley.

«Ma ti getta nel panico. Ci restano ancora due settimane, se inizi stanotte dovresti finire per tempo». Nicky non lasciava mai niente all'ultimo minuto, era sempre preparata, quasi come Zach.

La fila terminò e in un attimo furono accompagnate verso la ruota. A una a una le cabine si fermarono alla base per consentire ai presenti di salire e scendere. Quando fu il loro momento, Keeley entrò nella cabina ondeggiante e si accomodò accanto a Nicky e, quando la ruota iniziò a muoversi, entrambe sobbalzarono in avanti.

«Allora perché domani non vieni in biblioteca con me?», le domandò Keeley. Magari avrebbe potuto convincere Nicky a farle dare una sbirciatina ai grafici di statistica.

«Ho i corsi estivi, ricordi?».

Certo che se lo ricordava! Rientrava tutto in un progetto decennale che Nicky aveva steso una notte in cui era rimasta a dormire da lei. Keeley aveva pensato che fosse uno scherzo finché Nicky non aveva iniziato a frequentare alcuni corsi al college statale. Anche se Nicky non poteva darle una mano con lo studio, magari avrebbero potuto incontrarsi: quell'estate la sua vita sociale era stata praticamente pari a zero. «Bene, che ne dici di cenare insieme, dopo? Al molo c'è quel piccolo locale in cui muoio dalla voglia di andare», suggerì Keeley.

Nicky le lanciò un'occhiata dispiaciuta. «Mi vedrò con il mio gruppo di studio. Prendiamo il cibo al campus e poi studiamo per gli esami. Perché non lo chiedi a Zach? Lui andrebbe ovunque, basta che c'è da mangiare».

«Sarà a cena fuori con la squadra». Era deprimente vedere come entrambi avessero dei progetti, mentre lei non aveva un bel niente da fare. Si sentì come se tutti la stessero abbandonando, e la cosa peggiore era che non sembravano nemmeno accorgersene.

«Ci vediamo dopo gli esami», promise Nicky.

Il giro sulla ruota arrivò al termine e una sensazione dolceamara si impadronì di lei: l'estate era quasi finita e stava per iniziare l'ultimo anno delle superiori. Era una cosa emozionante che, però, allo stesso tempo, la terrorizzava. Il suo futuro era un enorme punto interrogativo al quale non sapeva dare una risposta.

Capitolo 2
Mi domando chi sia...

Più tardi, quella sera, Keeley seguì il consiglio di Nicky e si mise sui libri. Sperava che terminare qualche compito potesse farla sentire meno una sfigata che non aveva niente da fare, ma erano passati appena quindici minuti quando la noia prese piede. Si ripromise di riprendere il giorno dopo, scansò i libri dall'altra parte del letto e afferrò il portatile: nulla fungeva da antidoto alla noia quanto seguire i suoi programmi preferiti. Tuttavia, a metà programma, le sue palpebre iniziarono a farsi pesanti.

Non sapeva da quanto stesse dormendo, ma poco dopo fu svegliata dal suono del cellulare. Zach. La festa. La tipa dai capelli rossi. Rispose intontita. «Spero che la tua serata di sesso sia valsa la pena di svegliarmi».

Ci fu una breve pausa. «Suona come qualcosa a cui mi potrei interessare».

Keeley sbatté gli occhi, poi balzò a sedere. Li socchiuse per ripararsi dalla fastidiosa luce dello schermo del cellulare, poi lesse "Numero ignoto". Preoccupata, domandò: «Chi parla? Dov'è mio fratello?». Tucker, il suo cane, che si trovava ai piedi del letto, fece capolino.

«Non ne ho idea e, in tutta onestà, non mi interessa».

«Allora perché mi stai chiamando? E come sei arrivato a questo numero?»

«L'ho digitato», fu la risposta, sottolineata da un tono quasi esterrefatto.

Era troppo stanca per affrontare una cosa del genere, sarebbe stato meglio riattaccare.

«Pronto? Sei ancora lì? O sei sparita?». La voce tacque. «Ascolta, non so di cosa ti sia fatta e non ho intenzione di chiedertelo, visto che sono uno che vive evitando assolutamente certe cose, ma tu hai il mio telefono e io lo rivoglio indietro».

Questo tizio faceva sul serio? Keeley si voltò per guardare la sveglia sul comodino. «Primo: è l'una di notte e non mi sono fatta di niente, a parte il sonno dal quale, ti faccio notare, tu mi hai svegliata in maniera poco gentile. Secondo: io non ho il tuo cellulare».

«Sì, ce l'hai tu», insistette lui.

«No».

«Quello che hai in mano è il mio telefono. Non è tuo. È mio», disse sottolineando ogni singola parola.

Doveva trattarsi di uno scherzo. «Te l'ha detto mio fratello di farmi questo? Sta cercando di vendicarsi di me?». Keeley incrociò le gambe e si chinò in avanti, appoggiando i gomiti sulle cosce. Alcune ciocche di capelli, troppo corte per essere raccolte nella coda di cavallo, le scivolarono intorno al volto. «Incredibile. Non riesco a capire che problema abbia». Il patto che avevano stretto per le chiavi dell'auto le era sembrato equo.

«Ti spiacerebbe dare un'occhiata nel mio cellulare?», domandò il ragazzo in tono stanco.

Non provava la minima simpatia per quel tizio così sgarbato. «Dovrai davvero implorare perdono quando ti avrò dimostrato che…». Ingoiò il resto della frase nell'istante in cui sullo schermo del cellulare apparve l'immagine di un'auto da corsa rossa.

«Cosa dicevi a proposito dell'implorare perdono?».

Keeley non ci stava a mostrarsi imbarazzata. «Questo vuol dire che tu hai il mio cellulare?»

«Come sfondo hai la foto di un cane marrone?»

«È Tucker!». Al suo nome, Tucker iniziò a scodinzolare. Keeley appoggiò la testa sulle ginocchia, chiedendosi come fosse potuto accadere. Un attimo! «Eri al luna park stasera?»

«Dannazione! Non è che ti trovavi dalle parti dei tavoli, al ristorante?».

E pensare che quando aveva ritrovato il telefono si era ritenuta fortunata. Che situazione del cavolo! Cadde di peso sulla montagna di cuscini facendo un grugnito.

«Non è che ti trovi nella toilette adesso, vero? Perché, se è così, riattacco».

«Cosa? No!», rispose lei, disgustata a quell'idea. «Sono nel mio letto».

«In tal caso, sono tutt'orecchi. Non tralasciare alcun dettaglio».

Il solito maschio. Gli amici di Zach erano tutti uguali. «Come fai a sapere che non sono una vecchietta di ottant'anni che indossa la dentiera e la camicia da notte di flanella?», domandò Keeley.

«Non è assolutamente possibile che la tua voce possa appartenere a una vecchietta. Ma okay, se non vuoi dirmi quello che indossi… che ne dici se lo faccio io? Indosso solo i miei fortunati boxer, il che mi sembra appropriato».

«In che senso appropriato?»

«Sto parlando con te, no?».

Keeley sorrise, nonostante si fosse ripromessa di non farlo. Santo cielo, questo ragazzo non aveva senso del pudore. E, strano a dirsi, le faceva venire voglia di rispondere allo stesso modo.

«Ho colpito, eh?», chiese lui. «Dritto al cuore».

«Non è assolutamente vero», mentì lei.

Il ragazzo sospirò. «Dire bugie è peccato. Io so di avere un dono, specialmente quando si tratta di ragazze».

Keeley alzò gli occhi al cielo. «Sei uno sfacciatissimo FDP, non è vero?». "Figlio Di…".

«Se per FDP intendi "fantastico donatore di pene", sì, lo sono».

«O un ragazzo dall'atteggiamento sessualmente offensivo», ribatté lei.

«Sai, dovresti evitare di insultare la persona che ha il tuo telefono. Vediamo un po' a chi è che posso fare uno scherzetto telefonico all'una di notte?». La voce del ragazzo le sembrò più seria. «Uhm… Nana? Lo zio Tom? La cugina Louise?».

Era una mossa audace, ma non si sarebbe azzardato… o no? «Anch'io ho il tuo telefono, non te lo scordare…», minacciò lei.

«Se vuoi fare degli scherzi telefonici, fai pure. Posso anche darti una lista! Inizia con Marlene Baker: quella tipa non mi lascia in pace».

«Non ne capisco il motivo», replicò Keeley. «Sto al telefono con te da cinque minuti e non ho il minimo desiderio di rivivere l'esperienza».

«Fai la brava, bambola, oppure...», la mise in guardia lui.

«Oppure cosa? E non chiamarmi bambola!».

«Allora come ti dovrei chiamare?».

Lei esitò, non sapeva nulla di questo ragazzo.

«Hai paura?», domandò lui. «Se mi dici il tuo nome, io ti dico il mio».

«Non ho paura», protestò Keeley. «Sto solo attenta: potresti essere un serial killer o qualcosa del genere. Non so nemmeno quanti anni hai».

«Vado alle superiori. E tu?»

«Idem. Io...».

Quando fu ormai chiaro che lei non avrebbe aggiunto altro, lui propose: «Dobbiamo incontrarci da qualche parte per scambiarci i telefoni. Che problema c'è?»

«Prima tu».

Lui sospirò. «Fai sempre tanto la difficile?».

Un istante di silenzio. Poi un altro. «Mi chiamo Talon».

«Un nome inusuale», commentò Keeley, senza rendersene conto. Avrebbe desiderato chiedergli il cognome, ma poi lui avrebbe voluto conoscere il suo, e in quella cittadina, quando qualcuno sentiva il cognome Brewer, pensava subito a Zach. Quando la persona in questione veniva a sapere che erano fratelli, iniziava a blaterare di che grande giocatore fosse Zach e faceva mille domande sui progetti che lui aveva per il futuro. Era snervante sapere che la cosa più interessante di lei era che fosse la sorella di Zach.

«Io ti ho detto il mio nome. Tu come ti chiami?», chiese Talon, ignorando il commento di lei. «Non pensare di cavartela così».

Lei titubava, non era ancora sicura di voler fornire il proprio nome a un perfetto sconosciuto.

«E dài, dimmelo».

Lei deglutì. «Mi chiamo Keeley».

Talon ripeté il suo nome sottovoce. «Ti si addice».

«E tu che ne sai?», rispose lei, inarcando un sopracciglio.

«È un nome bellissimo per una bellissima voce», rispose. Talon sembrava un personaggio saltato fuori da una soap opera: melodrammatico e totalmente finto.

«Basta, per favore. Sei davvero ridicolo».

«Non è ridicolo», borbottò lui, la sua voce era tornata normale.

«Un nome bellissimo per una bellissima voce», lo canzonò Keeley.

«Io non parlo in questo modo: la mia voce è più profonda, più virile», protestò Talon. «Io… Ehi! Che ti ridi?». Ma era troppo tardi perché riuscisse a rispondere: stava soffocando dalle risa. «Se non la pianti attacco!», la minacciò lui.

«Aspetta! Un attimo!», rispose Keeley, quando riuscì a controllarsi. «Devo farti una domanda».
«No, non me la farai. Io vado».
«Dico davvero, devo chiederti una cosa».
«Cosa?»
«Questa battuta...», Keeley ridacchiò, senza riuscire a trattenersi, «...funziona davvero?»
«La vuoi piantare?»
«Sei uno di quelli che al centro commerciale ci provano con le ragazze usando frasi del tipo "Vieni spesso qui, pupa?"», disse impostando la voce.
Silenzio.
«Oddio! Ho indovinato!».
Talon non si diede nemmeno la briga di rispondere prima di riattaccare, lasciando Keeley con il suo silenzio. Lei lo avrebbe richiamato l'indomani per riavere il telefono. Mentre tornava a letto, una piccola parte di sé si domandava come potesse essere di persona.

Capitolo 3
Non starò a supplicare

La mattina seguente, Keeley si svegliò nel bel mezzo di una lite fra Zach e i loro genitori. Si sedette sul pianerottolo del secondo piano, che dava sulla sala da pranzo, a osservare la scena: Zach, che indossava ancora gli abiti del giorno prima, sedeva sul divano a braccia conserte. Sembrava molto arrabbiato. La madre, invece, si era accomodata sulla poltrona accanto e scuoteva la testa in segno di disappunto, mentre il padre camminava avanti e indietro per la sala.

«Avresti potuto ammazzarti!», ringhiò il padre.

«Papà...».

«A cosa pensavi?». Il volto del padre era livido di rabbia.

«Papà...».

«Ma ovvio! Tu non hai pensato! Hai messo in pericolo te stesso e tutti gli altri su quella strada!».

Zach sbatté la mano sul bracciolo di pelle. «Ho detto che mi dispiace. Sono tornato a casa sano e salvo, non è accaduto nulla di pericoloso!».

"E in famiglia credono tutti che sia lui quello intelligente", pensò Keeley.

Il padre era paonazzo, la voce bassa e monocorde. In un certo senso, incuteva più timore di quando gridava. «Sarai in punizione per il prossimo mese: potrai uscire di casa solo per gli allenamenti!».

Zach balzò in piedi. «Non puoi farmi questo! Io sono il capitano della squadra, devo dare una mano agli studenti del primo anno…».

«Allora avresti dovuto pensarci prima di ubriacarti e metterti alla guida!».

Ecco perché stavano litigando. Ma come mai non l'aveva chiamata?

«Mamma, ti prego, parlaci tu», la implorò Zach.

«Io sono d'accordo con tuo padre. È già abbastanza grave che tu abbia bevuto, ma poi metterti alla guida? Dovresti ringraziarci che ti consentiremo di andare a giocare a football».

Per un attimo, Zach sembrò pronto allo scontro, ma rimase in silenzio e si diresse verso le scale. Si fermò bruscamente quando incrociò lo sguardo di Keeley: «È tutta colpa tua!», le sussurrò, in modo che i genitori non sentissero.

«Cosa ho fatto?»

«Lo sai benissimo. Pensavo che ci aiutassimo a vicenda, ma immagino di essermi sbagliato, cara la mia *gemellina*».

Il rancore nella sua voce la fece sobbalzare. «Dovrei essere io quella incazzata. Ma cosa ti è passato per la testa?»

«Non avevo scelta! Avevo infranto il coprifuoco e, se mamma e papà se ne fossero accorti, mi avrebbero messo in punizione».

«Dovevi chiamarmi! Non ti saresti dovuto mettere alla guida».

«Stai scherzando? Ti ho chiamata e ti ho mandato sms per un'ora e, quando finalmente mi hai risposto, hai riattaccato!».

Zach stava dicendo un sacco di stronzate. «Puoi mentire a mamma e papà quanto vuoi, ma non farlo con me! Magari volevi far colpo su quella ragazza e...». Zach le mostrò il suo cellulare: il nome di Keeley appariva tra le chiamate effettuate fra le due e le tre del mattino. Avvertì un forte senso di colpa. «Zach, io...».

«Lascia stare», la schernì lui sfiorandola al suo passaggio.

"Se gli fosse accaduto qualcosa di brutto...". Il solo pensiero la faceva stare male. «Aspetta, Zach». Cercò di afferrarlo per la spalla, ma lui si divincolò. «Non ho ricevuto niente», gridò Keeley, ma Zach non si fermò.

Era stato quel ragazzo, quel Talon. Era colpa sua se suo fratello era così arrabbiato. Tornata nella sua stanza, Keeley provò a chiamare al suo numero di telefono, ora nelle mani di Talon, trovando però la segreteria telefonica. Cinque secondi dopo le arrivò un sms.

Non posso parlare ora. Scrivimi.

Hai attaccato a mio fratello?

Mi ha chiamato alle due del mattino.
Certo che gli ho attaccato!

Avresti dovuto dirmelo. Era importante!

Più importante del mio sonno di bellezza?
Non credo.

Non me ne frega niente. Ha guidato ubriaco fino a casa, perché non è riuscito a contattarmi.

Non è un problema mio.

Come puoi fregartene? E se avesse avuto un incidente?

Perché ce l'hai con me?
È stato tuo fratello a mettersi al volante ubriaco.
Mai sentito parlare del servizio taxi?

Certo che sì! Ma non è che possa mettersi a chiamare il taxi, quando a pagare il conto mensile sono i suoi genitori. Avrebbero notato l'addebito all'istante. Talon non aveva il diritto di giudicare.

A che ora sei libero? Dobbiamo scambiarci i cellulari. E prima lo facciamo, meglio è.

Non posso. Sono partito oggi per il ritiro di football.

Doveva aver letto male. Keeley sbatté gli occhi: iniziava a innervosirsi.

Perché non me l'hai detto ieri? Ci saremmo potuti incontrare stamattina.

Scommetto che ora vorresti non avermi preso in giro, eh?

Non avrebbe riavuto il cellulare perché lui desiderava vendicarsi? Che motivazione stupida, da egoisti. Se i suoi genitori lo avessero scoperto, non le avrebbero mai comprato un altro cellulare.

Ciò che vorrei è che tu non esistessi. Quando torni?

Fra una settimana.

E io cosa dovrei fare fino ad allora?

Sognarmi. In giro si dice che io sia davvero notevole, se riesci a capire cosa intendo... ☺

Keeley si soffermò a osservare la faccina ammiccante. Talon era un tipo insopportabile, ma doveva ammettere che era anche simpatico con quel suo irritante modo di fare da "voglio far colpo su di te".

Scommetto che la bella sommetta che hai dovuto pagare a qualche ragazza perché lo dicesse ha funzionato. Ho bisogno del mio telefono.

Smettila di preoccuparti.
Basterà che ci inoltriamo sms e messaggi vocali fino al mio ritorno.

Dannazione, no! Hai già dimostrato di non essere affidabile al riguardo e io non ti permetto assolutamente di mettere il naso nel mio telefono.

È tenero da parte tua pensare che non lo abbia già fatto. E comunque... solo 20 numeri di telefono? Davvero patetico.

Sua madre bussò alla porta ed entrò. «Bene, sei sveglia. La colazione è pronta».

Quando scese nella sala da pranzo, Zach era già a tavola. Keeley tentò più volte di incrociare il suo sguardo, così avrebbe potuto spiegargli tutto il casino che era successo con Talon, ma lui puntualmente distoglieva gli occhi. Questo la ferì, ma mise da parte tale sensazione. Zach non era pronto ad ascoltarla. D'accordo, avrebbe riprovato più tardi.

La mamma entrò in sala con un piatto pieno di pancake. «Non ti siedi?»

«Volevo accertarmi che ci fosse anche lo sciroppo d'acero», rispose Keeley. Sforzandosi di sorridere, si sedette come sempre di fronte al fratello.

Fu orribile: Zach si comportava come se lei avesse la peste o qualche malattia del genere. Se lei prendeva un pancake, lui faceva in modo di trovarsi ben lontano dallo sciroppo. Se lei prendeva una salsiccia, lui evitava accuratamente di avere il ketchup a portata di mano. Fu una scena ridicola, che la infastidì parecchio. Keeley prese il suo piatto e si alzò in piedi. «Io ho finito».

«Puoi lasciarlo qui. Zach laverà i piatti», la informò il padre.

«Non ti preoccupare, posso…».

«Lascialo», le ordinò.

Keeley lanciò un'occhiata al fratello, ma lui teneva gli occhi fissi sulla tovaglia. Non poteva dire nulla, non davanti ai genitori, quindi lasciò il piatto e si diresse in salotto. Come d'abitudine, prese il cellulare per vedere se le fossero arrivati sms da parte di Nicky, ma trovò solamente un mare di sms di Talon.

Ho ferito i tuoi sentimenti?

Mi stai ancora ignorando?

99 bottiglie di birra sul muro, 99 bottiglie di birra. Prendine una, passala in giro, 98 bottiglie di birra sul muro.

98 bottiglie di birra sul muro, 98 bottiglie di birra. Prendine una, passala in giro, 97 bottiglie di birra sul muro.

97 bottiglie di birra sul muro, 97 bottiglie di birra… Posso andare avanti tutto il giorno, lo sai.

Keeley scosse la testa e diede un'occhiata agli altri venti sms che dicevano la stessa cosa.

Sei un disco rotto.

Che fine hai fatto? Mi sei mancata.

Non dovresti giocare a football anziché scocciarmi?

Sono sul bus. Abbiamo ancora 3 ore di viaggio prima di arrivare al campo. Il che significa che sono tutto tuo. Mancano solo 77 bottiglie. ☺

C'erano almeno altre settantasette cose che avrebbe preferito fare anziché parlare con lui. Chiarire tutto con Zach, tanto per iniziare.

Sobbalzò quando sua madre si sedette accanto a lei sul divano. Mise il cellulare in modalità silenziosa e lo appoggiò dalla parte dello schermo. La madre si sarebbe insospettita se avesse visto tutti quegli sms, soprattutto perché arrivavano dallo stesso telefono di Keeley.

Le scostò i capelli dal viso. «Tutto a posto? A colazione tuo padre e io abbiamo notato che eravate un po' strani».

Non importava che problema avesse con Zach, non avrebbe mai fatto la spia. «Nulla di cui preoccuparsi».

«Ha a che fare con la notte scorsa?»

«Dico davvero, mamma. Passerà subito, lo sai come siamo fatti io e Zach: litighiamo e poi facciamo pace cinque minuti dopo». Sua madre rimase immobile, ovviamente sperando di riuscire a sapere qualcosa in più. Ma quando Keeley restò in silenzio, le diede una pacca sul ginocchio. «D'accordo. Se vuoi parlare, io sono qui».

Keeley aspettò che fosse uscita dalla stanza, prima di riprendere il cellulare. Ventun sms: era un bene che ne avesse di illimitati.

56 bottiglie di birra sul muro, 56 bottiglie di birra. Prendine una, passala in giro, 55 bottiglie di birra sul muro.

Non hai dei compagni di squadra da poter infastidire?

Sai che la maggior parte delle ragazze darebbe qualunque cosa per avere l'opportunità di scambiare sms con me?

Allora vai a infastidire loro!

Non posso. Il mio cellulare ce l'hai tu, ricordi?
Sto iniziando a pensare che tu abbia dei seri problemi di memoria.

Il mio unico problema sei tu. Dal momento che dipendiamo l'uno dall'altra, credo che dovremmo prometterci di inoltrarci sms e chiamate.

Te l'ho già proposto io e tu hai rifiutato.

Keeley controllò gli sms. Dannazione, aveva ragione. Era così triste per la storia con Zach che, quando lui glielo aveva proposto, lo aveva ignorato.

Ora sono d'accordo.

Chi dorme non piglia pesci, bambola.
A quanto pare sono io ad avere il coltello dalla parte del manico.

Talon si sbagliava. Lui aveva controllato il telefono di lei, ma lei aveva controllato quello di lui.

Se non mi inoltri i miei sms, io non ti inoltro i tuoi.

Per me va bene.

Aspetta! Come? Non ti interessa?

Ho già detto ai miei genitori che c'è poco campo qui, perciò stiamo comunicando via email.

Ma… e i suoi amici? D'altronde, però, se lui era come Zach, la maggior parte dei suoi amici faceva parte della squadra. Maledizione! E adesso? Keeley si rifiutava di supplicarlo.

Credo che dovrai trovare un altro modo per convincermi. L'adulazione ti potrà essere di grande aiuto… ☺

Come se volesse compiacere il suo ego smisurato! Meglio le umiliazioni.

Non sono così disperata e tu non sei così fortunato.

Credo che tu abbia appena lanciato una sfida. Che la partita abbia inizio, Keeley. Che la partita abbia inizio.

La presa in giro la fece arrabbiare. Si trovavano nello stesso guaio e lui l'avrebbe dovuta aiutare invece di sfruttare il suo cellulare per ricattarla. Aveva bisogno di uscire per un po'. Pensò di chiedere a Nicky di andare al cinema, ma si ricordò che era a lezione, quindi le mandò due lunghi messaggi vocali, sfogandosi per ciò che era accaduto con Talon e Zach. Poi portò Tucker al parco. Non che la cosa la facesse sentire molto meglio: non aveva scelta con Talon, Zach era ancora infuriato con lei e lei non aveva ancora terminato uno solo dei compiti assegnati per l'estate. Tutto sommato, una giornata da schifo.

Quella notte era nella sua camera, intenta a rileggere uno dei suoi libri preferiti, quando sentì i passi di suo fratello: corse in corridoio, ma lui si diresse in camera sua e chiuse la porta. Adesso era troppo! Non era mai andata a dormire arrabbiata con lui, e non avrebbe iniziato a farlo adesso.

Quando entrò, Zach era a letto e stava scarabocchiando su un taccuino. «Zach, mi dispiace per la notte scorsa. So che sei arrabbiato, ma le tue chiamate non le ho evitate di proposito», disse Keeley avvicinandosi. Lui smise di scrivere per un istante e lei lo ritenne un buon segno. «Immagino che tu stia lavorando agli schemi per la mischia di domani. Sei sempre il solito, Mr. Perfettino», scherzò lei, cercando di sbirciare sul foglio. Lui lo scostò per impedirle di leggere. «Okay. Pensi di potermi dare un passaggio in biblioteca, domani, mentre vai agli allenamenti?»

«Non è proprio di strada», precisò lui.

Stava cercando di essere carina: lui non poteva darsi la briga di fare altrettanto? «Vuoi davvero continuare così?»

«Continuare così come?»

«Zach, ieri notte quelle chiamate io non le ho ricevute! Se mi fossero arrivate, sarei venuta a prenderti, lo sai».

Zach spinse il mento in fuori. «Non avevo in programma di bere, ieri sera, ma l'ho fatto e ho pensato che non ci sarebbero stati problemi, perché avevi promesso di riportarmi a casa. Non lo hai fatto. Fine della storia».

Keeley capiva il motivo per cui Zach era arrabbiato, ma si stava comportando come se fosse tutta colpa sua. «Mi spiace di aver perso le tue chiamate, e la tua punizione è una stronzata, ma sei stato tu a decidere di metterti al volante. Nessuno ti ha obbligato a farlo».

«Non mi interessa. Adesso devo finire questo». Zach tornò al suo taccuino. Lei rimase lì, dietro di lui, provando un forte senso di disagio. «Okay, bene... Buonanotte, Zach».

La muta risposta di suo fratello la seguì fino in camera.

Capitolo 4
Sono io che ho il coltello dalla parte del manico

Il rifiuto di Talon di inoltrarle i suoi sms irritò Keeley, che trascorse due giorni a cercare di escogitare qualcosa per forzare la mano, ma non le venne in mente nulla. E, tanto per peggiorare le cose, lui continuò a mandarle articoli come "Venticinque complimenti per l'uomo che ami" e "Dieci modi per dire mi dispiace". Piuttosto, dieci modi per prenderlo a calci nel sedere.

«Ehi, tesoro, che ci fai qui fuori?», le domandò suo padre, aprendo la porta che dava sul giardino dietro casa.

Stesa sull'amaca, Keeley sollevò la testa. «Stavo solo riflettendo un po'». Suo padre si sedette sotto l'ombrellone che la riparava dal sole. «Che mi dici dei compiti? Riuscirai a finirli prima dell'inizio della scuola?»

«Sono a buon punto», rispose lei. Se avesse saputo la verità, non le avrebbe permesso di uscire di casa. A dire il vero, non doveva andare da nessuna parte, ma comunque…

«So che si tratta di un mare di lavoro, ma questi compiti di livello avanzato ti prepareranno per l'ultimo anno. E poi non sono importanti solo per questo, ti saranno utili anche per la certificazione degli esami. I college amano i programmi di studio di un certo livello». Nella famiglia di Keeley quello del college era un tasto talmente dolente da farla sudare. Lanciò un gioco a Tucker, nella speranza di distrarre suo padre, il quale però le chiese: «Sei ancora decisa a trasferirti sulla costa orientale?»

«Se lo fossi?».

La delusione del padre era evidente. «Zach farà domanda ai college della costa occidentale».

«Zach è interessato ai college che hanno buone squadre di football», lo corresse Keeley. Lei sapeva che la prima scelta del fratello cadeva su un'università a tre ore da casa, famosa per il programma di football. Dopo la laurea, molti giocatori ricevevano un ingaggio.

«Lui vuole frequentare il tuo stesso college».

Zach aveva preso sul personale il bisogno che Keeley aveva di partire. Non aveva capito che non si trattava di lui, ma di lei: Keeley amava la loro cittadina sul mare, ma voleva vedere altri posti.

Suo padre continuò: «Sarei più tranquillo se voi due rimaneste insieme».

«Papà, me la posso cavare da sola».

«Non è per te che sono preoccupato», confessò lui.

Keeley era sorpresa, poiché tutti avevano sempre considerato Zach come il più sveglio fra i due. «Zach se la caverà. Come sempre».

«Me la caverò con cosa?», chiese Zach, di ritorno dagli allenamenti, raggiungendoli fuori con un pacco di patatine. Aveva i vestiti sporchi ed era tutto sudato. Si avvicinò alla sorella scuotendo la testa e la bagnò. A giudicare dallo sguardo compiaciuto, se ne era reso conto, ma a lei non interessava, poiché si trattava della prima manifestazione di affetto che le riservava da giorni.

«Te la caverai se Keeley andrà in un altro college», gli disse il padre.

Zach non fu felice di sentire queste parole. «Ancora fissata con questa storia della costa orientale?»

«Non è una fissazione».

«È un'idiozia! Nessuno sceglie il college in base al luogo».

«Tu lo sceglierai solo per il football!».

«È diverso, io avrò una borsa di studio per questo».

«Non ti hanno ancora fatto offerte», replicò Keeley.

«Arriveranno. E quando vincerò i campionati nazionali di quest'anno, ne riceverò anche di più. Forse otterrò anche una borsa di studio che copre tutte le spese».

Con la coda dell'occhio Keeley notò che il padre aveva assunto un'espressione speranzosa. La loro famiglia non era ricca, ma nemmeno povera. Il denaro era un problema?

«Non credi che potrò farcela?», domandò Zach, interpretando il suo silenzio in maniera errata. Un'ombra scura gli attraversò gli occhi prima di scomparire.

«Non ho detto questo».

«Sì, invece. Come puoi pensare…».

Keeley lo interruppe, sapeva che, una volta che avesse iniziato, suo fratello non avrebbe smesso. «Lo so che puoi vincere: là fuori tu sei il quarterback migliore». Ovviamente non sapeva nemmeno se fosse vero, ma era suo dovere di sorella dirlo.

«Keeley, non c'è niente di male a fare domanda presso più università», insistette suo padre. «E poi potresti non entrare in una di quelle sulla costa orientale».

«Ehi! Posso entrarci!».

«Non con quei voti di ammissione», precisò Zach.

«Non sono come i tuoi, ma non sono nemmeno così terribili». Aveva dei voti buoni in lettura e composizione scritta e aveva ancora del tempo per rimediare con la matematica.

«Ti avevo proposto di studiare insieme a me», le ricordò Zach. Era una proposta perfetta se voleva qualcuno che le urlasse contro…

«Non c'è niente di male a voler vivere da qualche altra parte», insistette lei, rifiutando di sentirsi in colpa. Perché la gente reagiva con tanta sorpresa quando lei voleva tentare di fare qualcosa di nuovo? «E poi, papà, non sei stato tu a dirmi che devo uscire fuori dal mio piccolo porto sicuro?»

«Credo di sì», disse il padre, che nel frattempo si era addolcito. «Devi solo consentire al tuo vecchio di metterti il broncio perché ti perde».

«Tu sei abbastanza vecchio», rise Zach.

«E quando ti alzi ti cedono le ginocchia», aggiunse Keeley.

«E pensare che volevo dei figli», borbottò il padre, rientrando in casa.

Poiché Zach non lo aveva seguito, lei gli lanciò un'occhiata dubbiosa. «Allora...».

Alcune ciocche di capelli coprirono gli occhi di Zach, che le spinse di lato. «Devo falciare il prato, quindi se potessi spostare l'amaca...».

Un senso di delusione colpì Keeley. «Oh, certo. E comunque mi stavo scottando».

I capelli di Zach continuavano a scompigliarsi, mentre l'aiutava a spostare le sue cose. «Devi andare a tagliarti i capelli», osservò Keeley. Di solito suo fratello non se li faceva mai crescere così tanto. Preferiva un taglio più corto e pulito. L'opposto di lei, che preferiva uno stile casual e disordinato.

«Pensavo di provare qualcosa di diverso».

Keeley si tolse una molletta dai capelli. «Tieni. Meglio di niente...».

Zach si sistemò alcune ciocche. «Dillo a qualcuno e sei morta».

«Certo che no! Non vorrei mai guastare la tua preziosa reputazione», lo canzonò lei.

«Non offendere! La reputazione è importante per un ragazzo».

Keeley si domandò se questo fosse vero per tutti, anche per uno come Talon. «Ecco!», esclamò, come illuminata da un'idea. «Non so come abbia fatto a non pensarci prima». La chiave per smuovere Talon era proprio la reputazione. Doveva trovare qualcosa di imbarazzante su di lui... Che segreti aveva quel ragazzo?

Tornata nella sua stanza, prese il cellulare e iniziò a

guardare le sue foto: non erano poi tante, considerando che si trattava di uno sbruffone. E soprattutto non ce n'erano di lui né dei suoi amici. Una foto particolarmente colorata catturò la sua attenzione e la ingrandì. "Ma quelli sono Peep?", si chiese, riconoscendo gli uccellini di marshmallow ricoperti di zucchero. "Vestiti da… pirati?". Erano davanti a una nave dei pirati disegnata e combattevano con gli stuzzicadenti. Sbirciando all'interno dell'album, trovò altre foto simili, solo che i marshmallow erano vestiti da altri personaggi, come Luke Skywalker di *Guerre Stellari*. Erano carini. In un modo un po' strano. Certo non erano ciò che si sarebbe aspettata di trovare e non erano niente di cui si sarebbe potuta servire. O perlomeno non lo avrebbe potuto fare se non avesse nemmeno saputo di cosa si trattava.

Keeley diede un'occhiata alla sua musica, ma non c'erano pezzi appartenenti a band imbarazzanti. Notò, tuttavia, la vasta selezione di musica country, cosa che avrebbe potuto spiegare la sua parlata lenta. Poi, cercò fra le sue app, ma rimase sbalordita: Talon non aveva social media. Niente Instagram, Twitter o Snapchat. Che aveva questo ragazzo che non andava? Sembrava rimasto al Medioevo.

Il telefono iniziò a squillare e, quando vide chi era, a stento riuscì a credere ai propri occhi: poteva essere proprio quello il momento che stava aspettando. «Lei è la mamma di Talon?», chiese.

«Oh», esclamò la donna, apparentemente sorpresa dallo strano saluto. «Sì, sono sua madre, ma tu non sei mio figlio». Aveva una voce calda e gentile con una leggera cadenza del Sud.

«No, signora. Mi chiamo Keeley». Forse era l'accento, ma all'improvviso Keeley si ritrovò a parlare in un modo che non riteneva nemmeno possibile.

«Per favore, non mi chiamare "signora"», la rimproverò dolcemente. «Sarò anche una mamma, ma non ho ancora i capelli bianchi. Chiamami Darlene, tesoro».

Keeley non sapeva bene cosa aspettarsi, ma certamente non si era immaginata una conversazione del genere. «Sì, signo... voglio dire, Darlene», si corresse.

«Ti spiacerebbe dirmi come mai stai rispondendo al telefono di mio figlio? Dovrebbe essere al ritiro di football».

Keeley le spiegò brevemente la piccola disavventura al luna park e come avessero invertito i cellulari.

«Vi siete cacciati in una situazione parecchio imbarazzante. L'avrebbe dovuto dare a me, ci saremmo potute incontrare per scambiarceli. Mi chiedo perché non mi abbia detto nulla prima di partire, magari desiderava continuare a parlare con te. Scommetto che sei molto carina».

«Non ne so nulla». Keeley rise. «In tutta sincerità, penso che Talon desiderasse solo vendicarsi di me».

«Talon?», chiese sua madre.

«Ehm... sì. Lei è la mamma di Talon, giusto?»

«Sono la mamma di Talon. Scusami, mi è sembrato che avessi detto un'altra cosa. Allora, dimmi un po': perché mio figlio dovrebbe vendicarsi di te?».

Keeley non poteva spiegare a Darlene della prima telefonata in occasione della quale aveva definito suo figlio uno sfacciatissimo FDP. Preferì mentire. «Niente...».

«Quel ragazzo!», sospirò Darlene. «Tutto suo padre... non riesce mai a controllare le proprie emozioni. Eppure da bambino era così bravo... Cos'è successo poi? Dov'è che ho sbagliato?»

«Hmm...».

«Non porta mai i suoi amici a casa e non mi racconta mai niente della sua vita».

«Darlene...».

«E non credere che io non mi sia accorta che va in giro a fare il cretino con quelle ragazze. Torna sempre a casa con le macchie di lucidalabbra sul colletto. Non so più che fare, è come se non mi volesse fra i piedi: non ha nemmeno accettato la mia richiesta di amicizia su Facebook. Tu non lo faresti mai a tua madre, vero?»

«Ehm... io...». Sua madre non era nemmeno in grado di ascoltare i messaggi lasciati nella sua segreteria telefonica, figuriamoci usare Facebook. Grazie, Signore, per queste piccole gioie...

«Ovvio che non lo faresti, tesoro. Te lo dico io: tua mamma è fortunata». Darlene singhiozzava. «Lo sai che durante le partite di football mi obbliga a starmene seduta in fondo alla tribuna? Dice che si vergogna. Mio figlio si vergogna di me! E non ne capisco il motivo. Era solo un costume da Dolly Parton, era quasi Halloween».

Keeley fece una smorfia. Avrebbe dovuto sentirsi almeno un po' dispiaciuta per lui, ma quello era proprio il tipo di informazione che le serviva perché collaborasse. Rise come se la madre di Talon le avesse appena raccontato la barzelletta più divertente del mondo. «Avrei voluto vederlo!».

«Ti posso mandare una foto, tesoro mio. Vuoi che la mandi qui, sul cellulare di Talon?»

«Sarebbe fantastico, grazie!», disse Keeley, sentendosi quasi in colpa. «Darlene, devo andare, ma è stato un piacere parlare con te».

«Anche per me. Abbi cura di te».

Mentre aspettava la foto, mandò un sms a Talon.

Ho avuto un'interessantissima conversazione con tua madre. Le piace parlare. Molto.

Decise di lasciarlo cuocere per un po' nel suo brodo. Ora poteva capire come mai Talon le avesse mandato tutti quegli articoli: pungolarlo era divertente...

Si coprì la bocca con la mano quando vide la foto che le aveva mandato Darlene. Era tremenda, davvero tremenda, di un tremendo che superava il concetto di "pacchiano" e "fuori luogo". Non c'era da stupirsi che Talon si vergognasse, ma Keeley dovette ammettere che Darlene aveva cucito il costume da Dolly con una certa maestria. Non credeva che sarebbe mai stata in grado di fare lo stesso.

Che ti ha detto mia madre?

Pronto?

Ci sei?

Che ti ha detto?

Era divertente vederlo sulle spine.

Oh-oh! Talon l'arrogante messo K.O. dalla mamma!

Keeley! Che ti ha detto?

Gli inoltrò la foto che le aveva mandato Darlene. La risposta di lui fu immediata.

Non oserai...

Chi è che ha il coltello dalla parte del manico, adesso?

D'accordo. Ti inoltrerò chiamate ed sms.

Sapevo che saresti stato d'accordo.

Sei incredibilmente snervante e irritante, lo sai?

Detto da te è un complimento.

Se volevi dei complimenti, bambola, non avresti dovuto far altro che chiederli. Mi sarei dato da fare più che volentieri.

Credo che tu ti sia dato abbastanza da fare. Tua madre mi ha raccontato di tutte le macchie di rossetto.

Gelosa?

Invece di rispondere, gli mandò un articolo: "Dodici indizi per capire che lei non è interessata a te".

Capitolo 5
Stavo parlando col mio cane

Quella notte Keeley si era appena addormentata, quando fu svegliata da una suoneria inconsueta. Con gli occhi ancora chiusi, allungò la mano sotto il cuscino e prese il cellulare. «Pronto?»

«Tuo fratello è irritante», borbottò Talon, la voce indurita dal sonno.

«Dimmi qualcosa che non so».

«Vuole che tu lo vada a prendere a casa di una tizia. Chloe o come si chiama...».

«Un'altra festa?»

«Ha detto di essere sgattaiolato fuori con uno dei suoi compagni». Ma che stava combinando Zach? Era in punizione! Se i genitori lo avessero scoperto, sarebbe stata una tragedia: lo avevano anche minacciato di ritirarlo dalla squadra di football se avesse infranto le regole un'altra volta.

Rotolò fuori dal letto, raggiunse l'armadio e afferrò la prima cosa che trovò: una felpa del liceo di Edgewood. Faceva a cazzotti con i pantaloncini arancioni a pois del pigiama, ma era troppo stanca per preoccuparsene. Cercò le pantofole, ma erano sparite: Tucker doveva averle sepolte un'altra volta nel cortile. Tutto ciò che riuscì a trovare furono gli stivali da pioggia che suo padre le aveva regalato per Natale. Li infilò, superò la stanza dei suoi genitori e scese le scale.

«Sei ancora lì?», sussurrò Keeley. «Che ore sono?»

«Le due e mezza. Ma perché ti sta chiamando?»

«Perché è ubriaco».

«E allora?»

«Allora non può guidare».

«Fammi capire bene: lui ti chiama e tu molli tutto per aiutarlo?».

Keeley aggrottò le sopracciglia di fronte al tono di Talon. «Sono sua sorella. Tu non faresti lo stesso?»

«Ci si è messo da solo in questa situazione e da solo ne deve uscire».

Keeley prese le chiavi dell'auto dal tavolo della cucina e si avviò in punta di piedi verso la porta d'ingresso. «Tu sei figlio unico, non è vero?»

«Questo è irrilevante. Devi smetterla di comportarti come se fossi la sua autista personale e mostrargli un po' di maniere forti».

«Io non sono...». Tucker l'aveva seguita, forse pensava che Keeley l'avrebbe portato a spasso. Quando la vide aprire la porta guaì e cercò di sgattaiolare fuori attraverso le sue gambe. Lei gli fece cenno di smettere di guaire e lanciò un'occhiata alle scale, cercando di capire se avesse svegliato i suoi genitori. La luce della loro stanza non si era accesa, quindi allontanò Tucker. «Vai in camera mia», gli ordinò con calma.

«Credevo che non me l'avresti mai chiesto», replicò Talon. «Sapevo che tutte quelle proteste erano solo una sceneggiata: nessuna può resistere al mio fascino».

«Stavo parlando col mio cane», sussurrò Keeley chiudendo silenziosamente la porta, poi corse verso l'auto. «Anche se la somiglianza è sbalorditiva».

«E come fai a saperlo? Non mi hai mai visto».

«Magari non dal punto di vista fisico, ma a livello di personalità. Voglio dire che entrambi amate seguire le persone e come i bambini mettete il broncio quando non avete più sottomano il vostro giocattolo preferito. Per non parlare, poi, del costante bisogno di attenzioni e coccole».

«Hai ragione, io ho bisogno di tante coccole».

«Sto parlando del tuo ego, depravato!».

Talon iniziò a ridere. Incredibile.

«Non scocciare, amico!», gridò una voce in sottofondo. Talon doveva aver coperto il telefono con la mano, poiché tutto ciò che Keeley riuscì a sentire furono dei suoni attutiti. Sentì un rumore e poi udì una porta chiudersi.

Aspettò un istante. «Talon?»

«Scusa, il mio compagno di stanza ha fatto lo stronzo e mi ha cacciato».

«Mi sorprende che tu glielo abbia permesso». Talon non sembrava il tipo di persona che permetteva agli altri di trattarlo male. Keeley mise in moto l'auto e attivò il vivavoce. Uscì dal vialetto di accesso e aspettò di arrivare alla fine della strada per accendere i fari.

«Il coach ha raddoppiato le sessioni di allenamento, quindi sono tutti esausti».

«Allora dovresti dormire un po'».

«Non sono così stanco. E poi sto parlando con te».

«Quindi io sono la tua dose di caffeina?», disse lei, ridendo. Rimase senza parole quando si rese conto del suo tono provocante: l'intera conversazione, infatti, aveva un tono scherzoso. Non riusciva a capire cosa provasse al riguardo.

«Qualcosa del genere», rispose Talon. «Spiegami di nuovo come mai corri sempre in suo soccorso. Cos'ha contro di te?»

«Niente. Lo faccio perché io gli copro le spalle e lui copre le mie».

«Lui cos'ha fatto per te?»

«Che ti importa? Non ti riguarda», ribatté Keeley.

«Sono curioso».

«La curiosità uccise il gatto».

«Allora è un bene che io sia un cane, no?». La risposta di Talon le giunse talmente inaspettata che scoppiò a ridere. «Be', almeno lo hai ammesso».

Keeley parcheggiò a un paio di isolati da casa di Chloe. «Per quanto questa conversazione possa essere stimolante, devo andare».

«Sei già arrivata?»

«Purtroppo», sospirò, evitando una chiazza di vomito sul marciapiedi. Odiava le feste come questa, in cui tutti erano sciatti e ubriachi.

«Non sembri molto emozionata e lo capisco benissimo».

«Davvero?»

«Ma certo. Nemmeno io sarei felicissimo di salutarmi».

Keeley alzò gli occhi al cielo. «Buonanotte, Talon».

«Non sentire troppo la mia mancanza».

Una volta che ebbe riagganciato, Keeley saltò intorno alle tazze di plastica rossa che si trovavano all'ingresso e si affacciò in salotto.

Sui divani e sulle poltrone diverse coppie erano intente a pomiciare.

Inarcò il sopracciglio quando ne distinse una in particolare: Randy, il suo ex, e Allison Lineberry, il capitano della squadra femminile di calcio.

«Keeley!». Si voltò e vide Cort, il migliore amico di Zach, incespicare verso di lei. Automaticamente alzò le mani per bloccarlo. «Che ci fai qui?», gridò Cort per superare il volume della musica.

«Sto cercando Zach», rispose Keeley, investita da una zaffata di rum e birra. Cort le posò le mani sulle spalle e iniziò a ridere. «Che c'è?», domandò lei.

«Sei buffa», rispose lui, squadrandola dall'alto in basso.

Aveva ragione: indossava gli stivali da pioggia e i pantaloncini del pigiama a pois. Se ne era completamente dimenticata. Comunque non era lì per fare colpo su nessuno. Keeley alzò il viso e chiese: «Grazie. Hai visto Zach?».

Cort la condusse in cucina e la spinse di fronte a un gruppo di giocatori di football. «Guardate un po' chi c'è!», annunciò, mostrandola come se fosse un trofeo.

«Keeley!». Tutti la salutarono gridando come se si trovassero a un concerto e non all'interno di una casa. Lei alzò la mano per ricambiare il saluto. Negli ultimi tre anni quei ragazzi erano stati a casa sua mille volte.

Cort le offrì un bicchiere, ma non bevve nemmeno un sorso.

«Hai visto Randy?», chiese Cort.

«Sarebbe stato difficile non farlo». Il solo vederlo le aveva riportato alla mente un mare di ricordi del periodo in cui si frequentavano. Era stato bello e divertente parlare e stare con lui, finché non avevano iniziato a frequentare i suoi amici: allora Randy aveva cominciato a fare pressioni perché lei lo accompagnasse alle feste e a fare battute di pessimo gusto che l'avevano scioccata. Quando erano soli, però, lui tornava quello di sempre, così Keeley era rimasta con lui. Ma poi, una notte, aveva sentito che i suoi amici la stavano insultando e Randy non aveva fatto nulla per difenderla. Keeley ci aveva dato un taglio netto il giorno dopo. Però ci pensava ancora. "Cos'ha che non va?", si chiedeva. E cosa c'era che non andava in lei?

«Ragazzi, il football dominerà quest'anno!», gridò qualcuno. Come al solito bastò un semplice accenno al football per attirare l'attenzione di tutti.

«Sarà la Edgewood a vincere!».

«Quest'anno sarà epico!».

Doveva trovare Zach e andarsene da lì. La situazione poteva degenerare solo dopo che loro se ne fossero andati.

I ragazzi avevano iniziato a raggrupparsi, quindi lei se la svignò. Si sentiva impacciata e fuori posto quando presero a darsi pacche sulla schiena e a cantare a squarciagola cose che non aveva mai sentito prima.

«La Edgewood farà a pezzi la Crosswell», gridò

Cort, portando di scatto le mani in aria e versandosi la birra addosso. Un coro di approvazione si levò. La rivalità Edgewood-Crosswell era leggendaria, nessuno sapeva chi o cosa l'avesse generata, ma non aveva importanza. L'evento più importante dell'anno era il solito confronto fra le due scuole.

«Qualcuno ha parlato di fare a pezzi quelli della Crosswell?». Un sorridente Randy entrò in cucina seguito da Allison. «Perché brindo a questo». Quando incrociò lo sguardo di Keeley, il suo sorriso si spense. «Non sapevo che saresti venuta anche tu».

Sembrava preoccupato, pensò Keeley. «Sono venuta perché mi ha chiamata Zach. Qualcuno sa dov'è?», domandò.

Allison sorrise, leggermente impacciata. «È con Gavin».

«Chi?».

Cort la osservò. «Il suo novellino, quello che gli hanno assegnato». Era tradizione che i giocatori di football del primo anno venissero assegnati a uno dell'ultimo anno: tutto era nato come programma di tutoraggio, ma i senior lo sfruttavano per farsi lavare l'auto o portare il pranzo.

«Keels! Eccoti!», disse Zach, un enorme sorriso stampato in volto, le guance e gli occhi arrossati. Poi la sollevò e la fece roteare: era stata la cosa più carina che avesse fatto da quando avevano litigato.

Quando iniziò a girarle la testa, Keeley lo obbligò a farla scendere. «Pronto per andar via?»

«Non prima che tu abbia conosciuto il mio novellino». Zach schioccò le dita e fece cenno a un ragazzo dai capelli castano chiaro di avvicinarsi. Il ragazzo era alto come suo fratello, ma meno prestante e muscoloso. Sembrava un maratoneta, più che un giocatore di football. «Keels, questo è Gavin. Gavin, ti presento Keeley, la mia sorella gemella».

«Ciao», disse lei, osservando le sue spalle curve e gli occhi rivolti altrove.

Gavin rispose con quello che sembrò una specie di «Ciao» e poi si allontanò. Zach scosse la testa e poi si lasciò sfuggire un lungo lamento che fece arrossire Gavin. Keeley provò un moto di simpatia per lui: quel poveretto ci avrebbe lasciato le penne sul campo se non fosse nemmeno stato in grado di tenere testa a suo fratello.

Mentre uscivano, un pensiero le attraversò la mente. «Magari Gavin ha bisogno di un passaggio?».

Zach alzò gli occhi al cielo. «Sono certo che non gli serva nulla, c'è un sacco di gente che può accompagnarlo».

«Allora perché non lo hai fatto anche tu?». A quest'ora poteva starsene a letto.

«Sei qui…».

«Sì, ma non dovrei», borbottò Keeley a se stessa, entrando in auto. Mentre guidava accese un canale radio che ascoltavano entrambi. Ma quando iniziarono a risuonare le note della canzone preferita di Zach senza che lui si mettesse a cantare, Keeley capì che c'era qualcosa che non andava. Abbassò il volume e disse: «Okay. Che c'è?». Aveva sentito il suo commento? Non aveva intenzione di litigare di nuovo.

Lui le lanciò un'occhiata furtiva. «Niente».

La sua preoccupazione aumentò, perché quando era arrabbiato con lei, diceva sempre così. «Dimmelo. Lo voglio sapere».

«Non posso. Non voglio che ti arrabbi. Giurami che non ti arrabbierai».

«Cercherò di non farlo», rispose Keeley, che iniziava a insospettirsi. Forse Zach aveva fatto qualcosa quando era troppo ubriaco per rendersene conto?

Lui deglutì, poi confessò. «Ti ho fissato un incontro e una visita alla Barnett. La prossima settimana». La Barnett University era rinomata per tre cose: le belle spiagge, gli alti voti agli esami e il football. Ma niente di tutto ciò interessava a Keeley. Per quale motivo al mondo le aveva fatto una cosa del genere? «Ecco perché non te l'avevo detto», ammise Zach, indicando il suo viso.

Ma perché era sorpreso? Aveva agito alle sue spalle! Aveva il cuore a mille. Perché Zach pensava di sapere cos'era meglio per lei?

Zach si affrettò a spiegare. «Lo so che non ci vuoi andare, ma ascoltami: stavo parlando con uno dei loro reclutatori di football, il quale mi ha detto che hanno ottimi programmi per matricole che non sanno in cosa si vogliono laureare. Ti offrono una varietà di corsi differenti, così puoi vedere cosa ti piace davvero».

«Non so dove voglio andare», disse Keeley. Certamente la Barnett non era sulla sua lista, ma non l'aveva nemmeno depennata. Però doveva essere lei a prendere questa decisione, non suo fratello.

«Almeno puoi andare a vederla. Non si sa mai, ti potrebbe piacere», disse, tentando di convincerla.

Ricordò il senso di sollievo che si era dipinto sul viso di suo padre quando Zach aveva accennato alla sua eventuale borsa di studio. Un college della California sarebbe stato più economico, magari un college statale.

«Dài, Keels. Mi sono davvero dato da fare per procurarti questo incontro. Era tutto pieno, ma ho supplicato il selezionatore e ho anche ottenuto un posto in più, così puoi portarti qualcuno».

«Magari Nicky», disse lei. Zach si riferiva a se stesso, ma non sarebbe andata così. E comunque lui la Barnett l'aveva già visitata, non aveva bisogno di tornarci.

«Certo», disse, accigliato. Per qualche motivo non aveva mai provato troppa simpatia per quella ragazza.

«Che problema hai con lei?»

«Nessuno. Allora, ci andrai alla Barnett? Dài, solo una visita», la incalzò lui.

«Va bene, ci vado». Se serviva a farlo smettere di seccarla per il college... Quella conversazione doveva terminare, subito.

Zach puntò il dito fuori dal finestrino. «Hamburger! Fermati, sto morendo di fame».

«Odio andare lì, poi l'auto puzza».

«Ma io ho fame! E poi l'auto la usi poco ugualmente». Zach le diede una pacca sulla spalla. «Dài, dài! Andiamo!».

Keeley lasciò la strada per entrare nel parcheggio, poi capì che poteva esserci spazio per... una trattativa. «Che ne dici? Ti ci porto se mi lasci l'auto per tutto il resto del mese». Agosto era quasi alla fine, ma questo non aveva importanza. Aveva capito che non poteva stare ai comodi di Zach. Lui dava per scontata la sua disponibilità a dirgli sempre di sì. Per quanto odiasse ammetterlo, Talon – un perfetto sconosciuto – aveva ragione.

«No, cazzo, no! Mi serve per gli allenamenti di football», protestò Zach.

«Chiedi a Cort o a qualcuno dei tuoi compagni di darti un passaggio. Non c'è ragione per cui tu non possa chiedere questo favore».

«Che penserebbero se il capitano della squadra dovesse mendicare per avere un passaggio?»

«Dubito che dovresti mendicare». Zach aveva un'infinità di amici.

«Questi ragazzi mi ammirano, io devo essere un bravo leader e mostrar loro…».

«Hai lasciato Gavin a cavarsela da solo!».

Keeley cambiò tattica e Zach si ammorbidì. «Tu lo sai quanto è importante il football per me, Keels. Ho lavorato duramente per arrivare dove sono».

«Allora credo che non mangerai nulla». Keeley abbassò il finestrino per far entrare nell'auto l'odore delle patatine fritte.

Il suo stomaco borbottò e Zach se lo strinse con un braccio. «D'accordo. Puoi tenere l'auto. Da quando sei diventata così subdola e meschina?».

Keeley si fermò a riflettere un istante. «Da quando ho iniziato a parlare con un cane».

«Eh?».

Lei si limitò a sorridere ed entrò nel parcheggio.

Capitolo 6
Ho un'idea!

Quando Keeley terminò i compiti di inglese, in casa regnava la quiete. Era soddisfatta del suo lavoro, ma poi vide tutto quello che doveva ancora fare. Avrebbe potuto chiedere a Zach di aiutarla, ma stava ancora dormendo. Si concesse una breve pausa per andare a prendere un bicchiere d'acqua e controllare i suoi sms.

Sei riuscita a riportare tuo fratello a casa sano e salvo stanotte?
Gli hai rimboccato le lenzuola raccontandogli una favoletta?

I tuoi commenti non sono apprezzati.

Lo prendo come un sì.
Ma se ti chiamo io, metti a letto anche me?

C'è un motivo per cui mi stai mandando questi sms?

Credo che tu sia affetta da gelosia repressa. Ma non devi preoccuparti, nessuna ragazza può dire di avere con me lo stesso rapporto che io ho con te.

Questo è il tuo primo errore: pensare che altre ragazze possano fare confronti.

Keeley rilesse il proprio sms. La maggior parte delle persone non vedeva questo aspetto di lei: di solito, aveva bisogno di tempo per iniziare a fare battute, ma con Talon era diverso. Gli sms avevano consentito a entrambi di evitare quell'orribile fase iniziale quando si conosce qualcuno.

E il secondo qual è?

Lasciar sempre parlare il tuo ego.

Oh. Be', almeno non hai negato di essere gelosa.

Keeley scosse la testa e ripose il cellulare. I suoi occhi si posarono sui biglietti per la Barnett che Zach le aveva dato la sera prima. Non capiva per quale motivo ne avesse bisogno per una visita al campus, ma, dopo averli visti, comprese come mai fossero speciali. Quei biglietti davano a lei e a un'altra persona la possibilità di partecipare a un evento esclusivo con i membri della facoltà e, cosa ben più importante, con quelli dell'ufficio ammissioni. Era un modo eccezionale per vedere il posto, ma anche per conoscere lo staff.

Keeley prese il cellulare e chiamò Nicky. Si aspettava di trovare la segreteria telefonica, quindi rimase di sasso sentendo rispondere proprio lei.

«Zach mi ha prenotato questa visita alla Barnett e mi chiedevo se volessi venire con me». Le comunicò le date. «Dovremmo trattenerci per la notte».

«Se l'avessi saputo prima! Mia madre ha prenotato la spa per il prossimo weekend. È il mio regalo per aver studiato così tanto quest'estate».

Che peccato. Keeley ci sarebbe potuta andare da sola, ma sarebbe stato molto meno divertente.

«Quand'è che ti riprenderai il telefono?», le chiese Nicky. «Stavo per chiamarti, ma poi non sapevo quale numero fare».

«Non lo riavrò ancora per qualche giorno».

«Che palle! Come va con quel ragazzo... Tim o come si chiama? Continua a farti incazzare?»

«Talon. Come al solito», disse Keeley per scherzare. «E non indovinerai mai con chi ho parlato l'altro giorno! Con sua madre!». Iniziò a raccontarle tutto per filo e per segno, facendo morire dal ridere la sua amica. «Con questa foto lo potrei ricattare fino al giorno del giudizio».

Keeley sentì dei rumori di sottofondo. «Ora devo andare, ho appuntamento con quelli del gruppo di studio, ma ti scrivo un sms quando torno a casa», le disse Nicky.

Keeley aveva già sentito altre volte quella promessa, quindi non le credette. A questo punto ormai parlava più con Talon che con lei. Chissà, magari le cose sarebbero cambiate una volta che fossero tornate a scuola, o almeno questo è quello che sperava. Ne aveva abbastanza di parlare con la sua segreteria telefonica.

Keeley non si staccò dai libri per il resto della giornata, concentrandosi su tutti i compiti di storia e di economia. Le rimaneva soltanto matematica. Era nella sua stanza, quando Talon le telefonò.

«Ti ha chiamato Randy», le disse.

Le si gelò il sangue. Il suo ex? «Cosa voleva?».

La voce di Talon assunse un tono di scherno. «Credo di capire che vi siate frequentati…».

«Per un po'».

«Ha saputo che la settimana prossima vai alla Barnett e vorrebbe cercare di scroccare un invito».

Come faceva Randy a sapere del biglietto in più? Ma certo. Zach e la sua lingua lunga!

«Spero che fra di voi sia finita, bambola. Gli ho detto che non avrebbe potuto avere quel biglietto perché lo hai dato a me».

«Cosa?». Talon aveva mentito a un estraneo: non perdeva occasione per farla infuriare, ma non era di certo una novità.

«Potrei anche avergli detto che, da quando mi hai conosciuto, sei ossessionata da tutto ciò che riguarda Talon».

Si sarebbe dovuta infuriare, ma quella risposta era talmente ridicola che non riuscì a trattenere un sorriso. E poi si trattava di Randy: non sarebbero tornati insieme, ma questo Talon non lo poteva sapere. «Perché lo hai fatto? Per quanto ne sai, lui è stato l'amore della mia vita».

«Nessun ragazzo si tirerebbe indietro tanto facilmente se fosse innamorato».

Interessante… «Quindi se tu fossi innamorato di una ragazza, continueresti a mandarle sms?».

Ci fu una lunga pausa. Lo aveva sorpreso. Bene. Ma aveva sorpreso anche se stessa. L'idea di lui innamorato le sembrò assurda.

«Lascia stare», gli disse quando il silenzio si fece più pesante.

«No, non ti preoccupare. Ho soltanto avuto bisogno di rifletterci un attimo».

«Ero solo curiosa», si affrettò a rispondere.

«È che credo di non averci mai pensato prima».

«Perché pensi di non poterti innamorare?». La domanda saltò fuori dal nulla.

«No, perché non riesco a immaginare che una ragazza possa rifiutarmi».

Ovviamente l'aveva preso come uno scherzo.

Keeley sentì un rumore, poi Talon le chiese: «Tuo fratello chiamerà di nuovo nel cuore della notte?»

«In teoria sarebbe in punizione, quindi non dovrebbe farlo. Perché?»

«Il mio compagno di stanza si è incazzato quando tuo fratello ha chiamato così tardi. Pensavo che potresti dargli direttamente il mio numero».

Non aveva nemmeno preso in considerazione la situazione nella quale si trovava Talon. «Mi dispiace, mi sento un'idiota».

«Tranquilla, l'ho corrotto con bevande per sportivi e biscotti». Poi cambiò discorso. «Quindi vuoi andare alla Barnett?».

Keeley osservò i biglietti. «Veramente no. Io vorrei tanto andare a un college sulla costa orientale».

«Anch'io sto facendo domanda per dei college proprio lì. Voglio provare qualcosa di diverso, anche se non so come potrei sopportare l'inverno. *Brrr...*», disse ridendo.

Finalmente qualcuno che la capiva! Era un sollievo sapere di non essere sola. «Lo so, ma sarebbe una bella avventura!».

«A quali college pensavi? Io ne sto considerando alcuni nello Stato di New York, in Pennsylvania e Massachusetts».

Le orecchie le divennero bollenti. Lei non aveva nemmeno iniziato la sua ricerca. «Sto ancora lavorando alla mia lista».

«Fai con calma, le domande non andranno inoltrate prima dell'inverno. Quindi perché andare a visitare la Barnett? Sembra uno spreco di tempo».

«Mio fratello ha preso i biglietti, sta spingendo perché io ci vada, così possiamo stare insieme».

«Mio Dio, che sanguisuga! Ma non riesce a stare cinque minuti senza di te?»

«Non è così. So che può sembrarlo, ma tu non lo conosci come lo conosco io».

«Allora spiegamelo».

«Lui è be'... è...». Era difficile spiegare a parole com'era suo fratello. Era cocciuto, ma leale. Quando voleva, sapeva anche essere spontaneo, ma non accadeva spesso. Lei odiava il football, lui non vedeva altro.

«Sembra una persona interessante», osservò Talon.

Keeley non riusciva a credere che stesse per raccontare la sua storia a un perfetto sconosciuto, ma ora, per qualche strana ragione, Talon le sembrava più di questo. «È andata più o meno così, okay? Un giorno, quando eravamo piccoli, papà ci portò al luna park. A uno degli stand era esposta una gomma da cancellare a forma di Batman e lui la desiderava da morire. Era il premio a uno di quei giochi in cui devi buttare giù la piramide di bottiglie. Zach ci provò mille volte, ma senza riuscirci. Papà si offrì di provarci al posto suo, ma lui rifiutò: doveva riuscirci da solo». Era talmente basso che a malapena arrivava al bordo dello stand. Keeley si ricordò la frustrazione dipinta sul suo volto e poi quel lampo di determinazione quando il padre gli disse che avrebbe dovuto smettere. «Ma ce la fece. Non mollò e buttò giù tutte le bottiglie. Alla fine vinse lui».

«Tutta questa storia per una gomma da cancellare?»

«Non prenderlo in giro!», lo minacciò Keeley. Lei ammirava la risolutezza di suo fratello. Il primo giorno di asilo, lei era terrorizzata perché per la prima volta sarebbe stata separata da Zach, allora lui le diede la gomma da cancellare, dicendo che aveva dei poteri magici e che l'avrebbe protetta. «Non è perfetto, ma è mio fratello. Nessuno, e sottolineo, nessuno può permettersi di prendersi gioco di lui».

«Capisco», rispose Talon con tranquillità. «Insomma, io sono figlio unico, quindi non posso capire del tutto, ma okay. Sono solo un po' geloso».

L'ammissione sorprese Keeley. «Che mi dici dei tuoi genitori? Andate d'accordo?».

Talon tacque un istante. «Sì, andiamo d'accordo, ma non così».

Poi scese il silenzio. Keeley non voleva che quella conversazione finisse, quindi disse la prima cosa che le venne in mente. «Io odio la matematica. Credo che sia finita su questa terra per torturarmi. A che serve? Me lo sai dire?».

Se questa affermazione lo aveva colto di sorpresa, non lo fece capire. «Io credo che sia abbastanza utile».

«Davvero? Sto frequentando dei corsi avanzati di statistica e per quest'estate l'insegnante ci ha assegnato tanti di quei compiti che sarebbero bastati per tutto l'anno. Non capisco in che modo la realizzazione di un grafico mi potrà aiutare in futuro».

«Stai frequentando dei corsi avanzati?»

«Non dovresti essere così sorpreso».

«Anche io sto frequentando dei corsi avanzati, ma al mio liceo, statistica la facciamo al terzo anno, non all'ultimo. Ti posso dare una mano, se vuoi...», si offrì Talon. «Il corso è finito proprio quest'anno».

Keeley avrebbe accettato tutto l'aiuto che le avessero offerto. «Hai tempo?»

«Sì. I ragazzi stanno guardando un film che io ho già visto».

Keeley sapeva che il legame con la squadra era importante. Zach era irremovibile al riguardo. «Va bene, non voglio che tu te lo perda».

«Figurati. È un film stupido, non lo avrei guardato comunque».

«Se lo dici tu...».

«Bambola, secondo te io parlo a vanvera?».

Keeley rise. «No».

«Lo vedi? Allora dov'è il problema?».

Nell'ora seguente Talon l'aiutò con gli esercizi. Keeley aveva pensato che lui si sarebbe annoiato e avrebbe gettato la spugna, ma non fu così. Una volta che ebbero finito, non credette ai suoi occhi: avevano svolto tutti i compiti che le erano stati assegnati. «Ce l'abbiamo fatta! Pensavo che avrei avuto bisogno di giorni interi per fare tutto».

«Te l'avevo detto che non era poi così difficile».

Non era vero, pensò Keeley: statistica *era* difficile, era stato lui a renderla facile. «Mi hai spiegato tutto in modo che potessi capire i passi successivi. Nessuno, prima, era riuscito a farlo».

«Tutto in un giorno», scherzò lui. «È stato divertente».

«Non esageriamo».

«Non deve essere stato poi tanto male, visto che ridevi».

«Perché tu cantavi le formule e hai fatto fare lo stesso anche a me!».

«Ti è stato utile per ricordare, no? C'è del metodo nella mia follia».

Keeley sapeva che era una pazzia, magari era anche pericoloso, ma le era venuta un'idea. «Ti va di venire alla Barnett insieme a me?». Se Talon era stato in grado di farle affrontare la matematica in modo piacevole, magari avrebbe potuto rendere divertente anche la visita alla Barnett. Inoltre non avrebbe dovuto fingere di essere interessata, poiché nemmeno lui intendeva iscriversi a quel college.

Un silenzio improvviso calò su di loro. «Sei seria?»
«Tremendamente. Mancano pochissimi giorni alla visita».
«E saremmo solo noi due?».
All'improvviso si rese conto di ciò che lui avrebbe potuto pensare di quell'invito. Si era spinta oltre, troppo oltre, ma non era pentita. «Be', noi due e il resto della Barnett. Ma se non ti va, nessun problema».
«No. Credo che sarebbe divertente. Non vedo l'ora».
Era strano, ma adesso era così anche per lei.

Capitolo 7
Faccio amicizia

Due giorni dopo, Keeley entrò in casa di Nicky con due borse e un sacco a pelo. Posò le borse a terra e allargò le spalle. «È fantastico! Mi sono portata tutto quello che mi servirà per il trucco e i capelli e anche tutta la mia collezione di smalti. Non riuscivo a scegliere».

Nicky batté le mani. «Sono così felice per lunedì! Il primo giorno di scuola è sempre il migliore. Dobbiamo essere uno schianto! Non si sa mai chi ci ritroveremo in classe».

Keeley allineò gli smalti sul tavolo. «Speriamo di avere dei corsi in comune. L'anno scorso è stato una merda. Mi ha fatto piacere che tu sia andata in segreteria a protestare».

«Tentar non nuoce, no?».

Afferrò il rosa chiaro e il blu navy. «Quale dei due? Pensavo di mettermi i jeans e la maglietta blu che mia madre mi ha regalato per il mio compleanno».

«Indossi sempre le stesse cose, dovresti prestarci più attenzione. Aspetta! Ho io la gonna perfetta per te», le disse Nicky mostrandole una gonna bianca a fiori. «Prima di dire di no, pensa ad abbinarla a delle scarpe da ginnastica, per renderla meno elegante».

Non era il suo stile, ma era carina, e poi l'inizio dell'anno scolastico era il momento perfetto per indossare qualcosa di diverso. «Perché no?».

Mentre si mettevano lo smalto, Nicky le parlò di uno dei ragazzi che facevano parte del suo gruppo di studio. «Mi vede solo come una sorella minore, che palle! È intelligente, sexy e ha tutto quello che cerco in un ragazzo. Mi sono innamorata e non so cosa fare».

Keeley non riusciva a prenderla sul serio. «Ogni mese dici la stessa cosa di un ragazzo diverso».

«Non sono un tale disastro!», protestò l'amica.

«Che mi dici di Alex Davidson? Eri convinta che fosse la tua anima gemella finché non si è venuto a sapere che era gay. E poi ti ricordi di David Gaston? Pensavi che fosse "quello giusto", quindi siamo andate a fare volontariato al rifugio per gli animali. Proprio come la sua ragazza».

«Okay, okay», la interruppe Nicky. «Ammetto di avere avuto una certa fissazione per i ragazzi, ma ora sono più adulta, più saggia».

«E con lo smalto in faccia», ridacchiò Keeley.

Timidamente Nicky si pulì. «E tu che mi dici? Niente cotte estive?».

Keeley pensò a Talon, poi fece cenno di no con la testa. «A malapena esco di casa», si lamentò. «Certo, accompagno sempre Zach, ma quello non conta».

«Io continuo a non capire per quale motivo tu gli debba fare sempre da baby-sitter».

«Non ti ci mettere anche tu!», borbottò Keeley, esasperata. «Parli proprio come Talon».

«È una domanda più che lecita», disse Nicky, stendendosi sul divano. «A proposito di Talon, sono certa che tu non veda l'ora di liberarti di questo telefono. Il giorno X è domani, giusto? Avete deciso ora e luogo?».

Keeley non riusciva a capire cosa provasse, di certo non era felice: ormai si era abituata a parlare tutti i giorni con Talon. Una volta che ognuno avesse riavuto il proprio telefono, sarebbe finito tutto? «Ci incontreremo da Java Hut, ma ancora non so a che ora. Gli ho scritto stamattina, ma aveva gli allenamenti fino alle cinque e poi la cena alle sei, quindi credo che lo sentirò solo più tardi».

Nicky inarcò un sopracciglio: «Tu conosci i suoi programmi?».

Keeley arrossì. «Ci siamo scambiati sms e telefonate per tutta la settimana, ovvio che conosca i suoi programmi».

Ma lei sapeva ben altro: sapeva che era un mago della matematica, che amava i vecchi film western. Sapeva cosa gli piaceva di YouTube e che raccontava barzellette davvero stupide e scontate. E, a giudicare dal numero di sms che riceveva, era abbastanza sicura che lui parlasse più con lei che con i suoi amici. E stava cercando di convincere se stessa che questo fosse normale.

«Non vedo l'ora che tu possa riavere il tuo telefono, mi sembra di non parlare con te da secoli», si lamentò Nicky. Ma Keeley sapeva che non c'entravano né Talon né il telefono: Nicky era sempre stata troppo occupata con altri programmi. Per fortuna un sms di Talon la esonerò dal dover rispondere. Toccò lo schermo del telefono con estrema cautela, per evitare di rovinare lo smalto.

Mi sto annoiando. Raccontami una barzelletta.

Hai ricevuto l'sms che ti ho mandato per chiederti di vederci domani?

Per me va bene da Java Hut domani alle 13.
Ora raccontami una barzelletta.

Non ruota tutto intorno a te.

Non fa ridere. Okay, te ne dico una io.

Se ne conosci già una, perché la stai chiedendo a me?

Qual è il colmo per un'ape?

Sapendo che Talon non avrebbe ceduto, Keeley stette al gioco.

Ma non lo so!

E dài...

Non lo so...

Fare la luna di miele! Ora tocca a te.

Ridacchiò e Nicky le lanciò un'occhiata. Perché Keeley si sentiva come se fosse stata colta sul fatto? «È Talon», spiegò, come per scusarsi. Una strana espressione attraversò il viso di Nicky mentre continuava a passarsi lo smalto.

Pensi solo a una cosa!

Sto aspettando.
Preferisci che ci telefoniamo? Oggi pomeriggio non ho gli allenamenti.

Sono a casa della mia migliore amica.

È più divertente parlare con me.

È vero, era divertente, ma non poteva farglielo capire.

È una cosa pessima che non esista un vaccino contro il narcisismo. Credo proprio che ne avresti bisogno.

Era un bene che Nicky non potesse leggere quegli sms, perché ne sarebbe rimasta scioccata: Keeley non si era mai comportata così, nemmeno con Randy.

Come puoi essere sicura che io non abbia niente? Sarei felice di spogliarmi, così potresti farmi una visita completa.

Non ce n'è bisogno: so già quale sarebbe la mia diagnosi. Tu soffri di Egoismo Genetico Ottuso, disturbo altrimenti definito EGO. I sintomi includono manie di grandezza, mancanza di intelligenza e una dose eccessiva di fiducia in sé.

Okay! E cosa prescriveresti per questa malattia? Esiste una cura?

Casi acuti come il tuo richiedono un trattamento immediato. Credo che una dose di realtà e un'iniezione di umiltà potrebbero fare al caso tuo.

Se acconsento, sarai tu il mio medico personale?

Keeley si morse il labbro inferiore nel tentativo di non lasciarsi andare a un sorrisetto.

Dipende.

Da cosa?

Da come ti comporterai.

«Sai, per essere una che afferma di odiare Talon, parlare con lui ti piace davvero molto», osservò Nicky.

«Io non lo odio».

«E da quando? Ma se non hai fatto altro che lamentarti!». Tutto ciò che Nicky aveva sentito erano messaggi vocali e Keeley non gliene lasciava uno da giorni.

«Non è poi tanto male», si ritrovò a dire. «Sa essere simpatico».

«Se lo dici tu...». Nicky inarcò il sopracciglio lanciando un'occhiata al cellulare che Keeley aveva in mano. «Quando vi sarete scambiati i telefoni, ti va di venire al molo con me? Mi sono rimasti altri gettoni per la sala giochi».

«Quand'è che sei andata alla sala giochi?». Keeley pensava che la sua amica fosse troppo occupata per trovare il tempo per divertirsi.

«Non ricordo. Qualche giorno fa, credo. Ero con il mio gruppo di studio e abbiamo deciso di scaricarci un po'».

Keeley pensò immediatamente di dire di no, non voleva darsi dei limiti di tempo per l'incontro con Talon, ma lei e Nicky non si erano viste molto, ultimamente, e l'espressione della sua amica era speranzosa... «Certo, possiamo andarci».

Un ampio sorriso si stampò sul volto di Nicky, ma poi svanì immediatamente, quando un sms da parte di Talon illuminò lo schermo del cellulare. L'amica tornò a concentrarsi sulle sue unghie. Era gelosa? Se era così, non ne aveva diritto! Non dopo averla trascurata per tutta l'estate. Keeley osservò la gonna che Nicky le avrebbe prestato: forse l'amica aveva ragione, quella sera era tutta per loro, per i ragazzi dell'ultimo anno. Nascose il cellulare sotto la sedia per evitare la tentazione di rispondere con un sms.

Quando ebbero finito di passare lo smalto, guardarono dei film finché non riuscirono più a tenere gli occhi aperti. E poi, proprio quando Keeley stava per addormentarsi, fu svegliata dalla vibrazione del cellulare. Era Talon. Dato che Nicky era già sotto le coperte e stava russando, Keeley scansò le lenzuola e uscì fuori dal sacco a pelo.

«Ciao», rispose sussurrando. «Che c'è? È successo qualcosa?»

«Non riuscivo a dormire, così ho pensato di vedere se fossi ancora sveglia».

«Aspetta un attimo». Si alzò in piedi, lanciò un'occhiata a Nicky e si diresse verso la toilette. Chiuse la porta e con l'anca si appoggiò sul lavandino. «Che succede?»

«Nulla. Mi dispiace, non avrei dovuto chiamarti», disse Talon, la voce stanca.

«No», si affrettò a rispondere Keeley, che temeva di sentirlo riagganciare. «Non fa niente, ero a letto».

«Non volevo svegliarti».

«Non l'hai fatto, non mi ero ancora addormentata».

«Ora dovrei andare…».

«Talon, se dico che non fa niente, significa che non fa niente. Allora, che succede?»

«Lo sai che sei troppo buona… È per questo che la gente si approfitta di te».

«Io so che c'è qualcosa che ti disturba». Keeley non era riuscita a trattenersi.

«È solo che… io…».

«Ehi!», disse lei con gentilezza, presa dal bisogno di rassicurarlo. «Puoi parlarmene. Dico davvero».

«No, è che… Non so se posso…».

Era evidente che Talon non era pronto ad aprirsi con lei. Allora Keeley cambiò discorso, raccontandogli della sua serata con Nicky. La tensione di Talon sembrò allentarsi, ma il suo tono cambiò quando gli disse: «Ehi, devo farti una domanda».

«Dimmi», rispose lui, con circospezione.

«Cosa sono quelle foto sul tuo cellulare? Sai, quei marshmallow vestiti da personaggi dei film».

«Ti riferisci ai plastici?»

«Ai cosa?»

«Ai plastici. Sono scene ricostruite con i marshmallow».

«Aspetta. Dici sul serio?». Keeley pensò che Talon stesse scherzando.

«Sì. Si tratta di un concorso che si tiene tutti gli anni».

«E perché tu hai quelle foto sul cellulare?»

«Perché credo che i Peeps di marshmallow siano la più grande invenzione nella storia dell'umanità».

Keeley non era d'accordo. «Non sono nemmeno le caramelle migliori del mondo».

«Sai una cosa? Credo che non potremo più essere amici».

«Non sapevo che lo fossimo…».

«Keeley, ho sbirciato nel tuo cellulare. Per alcune persone è un po' come essere sposati».

Keeley rise. «Okay. Allora siamo… amici».

«Vorrei farti sapere che essere mia amica è un onore. Un onore che non concedo a molti».

«Ma per favore! Anche io ho ficcato il naso nel tuo telefono: tu sei amico di molte più persone di quante ne conosca io!».

Talon sospirò. «Quelli non sono amici veri. È gente che sono costretto a frequentare a causa del football. Io parlo di persone alle quali ti puoi rivolgere quando hai bisogno di qualcuno con cui sfogarti».

«Allora se i tuoi compagni di squadra non sono amici tuoi, chi lo è?».

Per alcuni secondi, tutto ciò che Keeley riuscì a sentire fu il respiro di Talon. Poi, con voce tranquilla, lui ammise: «Sinceramente qui non ne ho nessuno. Avevo amici migliori quando vivevo in Texas».

Questo spiegava le cose. «Il Texas, eh? Mi era sembrato che avessi un accento del Sud».

«Sì. Ci sono nato e cresciuto. Mi sono trasferito qui l'estate prima di iniziare le superiori».

«Immagino che la California abbia rappresentato un grande cambiamento».

«Non sai quanto! Adesso mi sono abituato e mi piace vivere vicino alla spiaggia, ma mi mancano quegli spazi sconfinati. E il barbecue. Dio, quanto mi manca il barbecue!».

«Perché sei venuto qui?»

«Perché mio padre ha ottenuto un lavoro qui. Voleva vivere in un posto diverso. E poi abbiamo dei parenti da queste parti».

«E tu non volevi?», domandò Keeley, che però era abbastanza sicura di conoscere la risposta.

Talon fece una risata stridula. «No, non volevo proprio. Volevo restare in Texas, ma dopo la morte del nonno, la fattoria è finita a mio padre, e lui non aveva intenzione di spendere denaro per la manutenzione, così l'ha venduta. Il nonno aveva promesso che la fattoria sarebbe passata a me, era la mia eredità, e mio padre non aveva il diritto di venderla». Le sue parole erano cariche di rabbia. «Ha detto che le tasse erano troppo elevate, ma la sai una cosa? Non ha nemmeno provato a trovare il denaro che serviva».

«Mi spiace», rispose Keeley, che non sapeva che altro dire.

«Scusami, non volevo annoiarti così. Io...».

«È tutto okay. Anch'io sarei delusa». Era questo il motivo per cui Talon l'aveva chiamata?

«Già». Quella risposta diceva tutto. «Anche mia madre voleva rimanere, ma quando mio padre si mette in testa un'idea, non molla».

«Tua madre è molto simpatica».

Talon sbuffò. «Perché non devi viverci insieme. Io le voglio bene, solo che è un po'...».

«Sopra le righe?». Keeley cercò di non sbadigliare e si mise a sedere sul mobile accanto al lavabo, appoggiandosi con la schiena contro l'armadietto dei medicinali.

«Mi prepara ancora il pranzo per la scuola. Alterna anche dei cestini per il pranzo diversi. Hai presente quei contenitori di metallo con le maniglie? Ecco, lei usa quelli. Ci inserisce dei bigliettini, insieme al succo di frutta e al sandwich con marmellata e burro d'arachidi a forma di dinosauro. Non smetterà mai di farlo, e quindi me lo mangio mentre torno a casa da scuola, così non verrà mai a sapere che il portapranzo non esce mai dalla mia auto».

Era una cosa carina che Talon non lo gettasse via. «Quindi pensi di tornare in Texas?»

«Spero di poterci tornare definitivamente dopo il college, ma non si sa mai: la vita è strana».

Le palpebre di Keeley si stavano appesantendo. Le sfuggì uno sbadiglio. «Dovrei andare ora».

Il suo sbadiglio coprì quello di Talon. «Anch'io».

Scese dal mobile e gli augurò la buonanotte. «Ehi, Keeley», disse Talon prima che lei potesse riagganciare.

«Sì?».

La voce di Talon si fece improvvisamente seria. «Io… ehm… grazie».

«Sono stata d'aiuto?»

«Sì».

Keeley fu pervasa da un senso di soddisfazione e poi… «Ci vediamo domani», disse per la prima volta. E riuscì quasi ad avvertire il sorriso nella voce di Talon. «A domani».

Capitolo 8
Oggi ci vediamo

Mentre si dirigeva verso Java Hut, Keeley sudava. Accese l'aria condizionata, ma non servì a niente. "Oddio", pensò, "sono un relitto". Strinse le mani intorno al volante e ordinò a se stessa di calmarsi. Dopo aver parcheggiato l'auto, estrasse un fazzoletto dalla borsa per asciugarsi viso e ascelle. Avrebbe anche potuto lasciare il telefono al bancone all'entrata, chiedere a un dipendente di restituirlo a Talon e di tenere da parte il suo, finché non fosse tornata a ritirarlo un altro giorno. "Solo che sarei davvero patetica", si disse. Keeley prese a due mani quel poco di coraggio che aveva, fece un respiro profondo ed entrò.

Giocherellò con le punte dei capelli, che portava lunghi fino alle spalle, tirandoli e attorcigliandoseli intorno alle dita mentre esaminava il posto, ma era abbastanza sicura che Talon non ci fosse. Per ingannare il tempo, si diresse al bancone. «Un caffè freddo in tazza piccola, grazie». Diede la sua carta e aspettò che il barista le facesse lo scontrino.

«Ti chiameranno quando sarà pronto», disse.

Keeley afferrò una sedia vuota e si sedette. Controllò il telefono, ma non c'erano sms. Non voleva sembrare una sfigata, quindi si mise a giocare con il cellulare.

Giocò a una corsa automobilistica, era anche abbastanza brava. Avrebbe dovuto dirlo a Zach. Poi ecco l'sms:

Sono qui.

Un ragazzo alto e biondo stava entrando nel locale. Anche da lontano Keeley riuscì a vedere che era un atleta. Talon si guardava intorno, come se stesse cercando qualcuno. Aveva un volto volitivo, gli zigomi alti e le labbra carnose. Era quasi perfetto, non fosse stato per il naso leggermente incurvato, come in seguito a una rottura.

«Keeley! Il tuo ordine!», gridò una voce da dietro il bancone.

Talon si girò immediatamente. I suoi occhi la seguirono verso il bancone, dove lei stava andando a ritirare il suo caffè. Sentendosi a disagio, Keeley indugiò e impiegò un tempo spropositato per inserire una cannuccia nel drink, facendo finta di non vederlo.

«Ciao, bambola».

Quella voce l'avrebbe riconosciuta ovunque: profonda, ma con un accento marcato. Rincuorata, si voltò. Talon aveva degli occhi meravigliosi, di un blu cobalto che brillava alla luce.

Il ragazzo sorrise. «Non sei come mi aspettavo».

Mentre cercava di raggiungere il bancone, un cliente la urtò. Talon la prese per il braccio facendola spostare. «Togliamoci dal passaggio. Dov'è il tuo tavolo?». Per qualche strano motivo, Keeley era ammutolita, ma non faceva nulla: Talon era così alto che riusciva a vedere al di sopra della folla. «Non ti preoccupare, l'ho visto», disse, trascinandola fino al tavolo che si trovava di fronte alla vetrina. C'era una vista meravigliosa sulla spiaggia e sul molo.

Di solito Keeley non si comportava così. Bevve un sorso del suo caffè dimenticandosi della cannuccia. A proposito di imbarazzo... Desiderò di aver dedicato più tempo al proprio aspetto: indossava jeans e maglietta, niente di speciale, e non aveva un filo di trucco. Era stata una scelta ponderata, affinché entrambi si ricordassero che quell'appuntamento non era niente di particolare, ma che si trattava di un giorno come un altro. Ma ora che si trovava di fronte a lui e che poteva guardarlo negli occhi, quella giornata non sembrava più così normale.

«Pensavo che fossi più la classica ragazza della porta accanto e non così...». Keeley aggrottò la fronte e lui non terminò la frase. Un timido sorriso si dipinse negli occhi di Talon. «Mi piace. E comunque puoi anche smetterla di guardarmi come se volessi prendermi a pugni».

Talon si appoggiò allo schienale della sedia e distese le gambe proprio come Keeley aveva visto fare a Zach un milione di volte. Era una cosa che le aveva sempre dato fastidio, perché Zach si prendeva tutto lo spazio per sé. Ma con Talon era diverso.

«Non mi rispondi? Non è da te», disse lui.

Infatti non lo era, ma Keeley era senza parole.

Talon si sporse sul tavolo. «Grazie per avermi tenuto il telefono, sei un tesoro». Ignorando la sua espressione confusa, afferrò il suo drink e ne bevve un bel sorso. Alla fine si lasciò andare a un lungo sospiro pieno di soddisfazione, che accompagnò con un ammaliante sorrisetto.

Fu proprio questo a risvegliare Keeley. «Senti, Talon», disse, tamburellando con le dita sul tavolo. «Non gira tutto intorno a te, non puoi...».

«Eccola lì!», la interruppe lui, il suo ginocchio che toccava quello di lei. «Mi stavo domandando se fossi proprio in te, ma credo di aver solo bisogno di farti arrabbiare».

Keeley allontanò il ginocchio. «Sei così... così...».

«Così fantastico? Meraviglioso?». Talon sollevò il bicchiere fino a toccare con la cannuccia il labbro inferiore di Keeley. «Ne vuoi un sorso?».

Lei respinse la tazza. «Stavo per dire così irritante».

«Ma sono riuscito a farti parlare».

No, non lo aveva fatto. La ragazza con cui aveva parlato al telefono non era lei, ma quella che lei desiderava essere. Come riuscire a spiegarglielo senza correre il rischio di sembrare pazza?

«Vogliamo uscire?», chiese Talon.

Keeley non la trovava una buona idea. Lì, da Java Hut, si sentiva a proprio agio. «Per andare dove?».

Talon accennò al molo. «Possiamo fare una passeggiata, starcene un po' all'aperto».

Keeley annuì. Del resto valeva la pena fare un tentativo. Poi si ricordò di Nicky e dei loro programmi. «A dire il vero, fra un po' dovrei incontrare una mia amica alla sala giochi».

«Allora non ti va?», domandò Talon. Keeley non riuscì a capire se fosse deluso.

«Be', puoi venire con noi se vuoi... Abbiamo appuntamento fra mezz'ora».

«Per me va bene. Vedi di dare il meglio di te, io sono fortissimo nell'hockey da tavolo».

Uscirono da Java Hut e lei provò la stessa sensazione negativa di prima. Si schiarì la gola e cercò di pensare a cosa dire. «Allora, com'è andato il ritiro di football?», chiese, mentre si dirigevano verso la spiaggia.

«Estenuante, ma ne è valsa la pena. Abbiamo un nuovo acquisto che è un ottimo punter». Talon si fermò. «Un attimo. Ma ti piace il football? Non ne abbiamo mai parlato».

«Deve piacermi, dal momento che mio fratello ci gioca».

«Non sapevo che fosse un giocatore». Talon rise. «È un bene che io non lo abbia saputo, perché tutti vogliono parlare di football, ma con te...».

Keeley lo capiva bene. Lui vedeva lei, non la sorella di Zach. «Carino, no? Io voglio bene a mio fratello, ma non mi va di parlare sempre del grande Zach Brewer».

Talon si fermò immediatamente. «Brewer?»

«Siamo gemelli. Dicono tutti che siamo uguali, tranne per il fatto che Zach ha le fossette e io no. Vedi?». Si toccò le guance e sorrise.

«Merda», borbottò Talon. Le lanciò un'occhiata, osservandola come se la stesse vedendo per la prima volta, poi distolse lo sguardo.

Lei si morse le labbra. Talon sembrava arrabbiato. Forse conosceva Zach? Suo fratello gli aveva fatto qualcosa? Preoccupata, cercò di toccarlo, ma lui si allontanò. Lei ritrasse la mano e sentì che il suo cuore perdeva qualche battito. «Tutto okay?».

Talon infilò la mano nella tasca anteriore dei jeans, tirò fuori il cellulare di lei e le lanciò un'occhiata che non riuscì a decifrare. Mentre riprendeva il suo le disse: «È stato un piacere incontrarti, Keeley». Le diede il suo cellulare e si allontanò.

«Dove stai andando?», gridò lei. Pensava che sarebbe tornato indietro, ma non lo fece. In un attimo Talon non fu altro che un puntino in lontananza.

Confusa e ferita, Keeley telefonò a Nicky dal proprio cellulare.

«Se n'è andato così? Senza dirti niente?», chiese l'amica.

«Come se avesse una fretta pazzesca», rispose lei, ignorando le persone che le passavano accanto. Java Hut stava iniziando a riempirsi, ma rimase dov'era: probabilmente una piccola parte di lei sperava che Talon tornasse indietro.

«Forse è stato meglio così. Davvero avresti voluto frequentare uno del genere?»

«In che senso uno del genere?»

«Lo sai: il tipo di ragazzo presuntuoso con il testosterone alle stelle».

«Lui non è così». O meglio, lo era, ma non era solo questo.

«È sexy?».

Silenzio.

«Proprio come immaginavo. Il suo aspetto ti ha dato alla testa».

Ma non era stato solo il suo fisico a catturare la sua attenzione. C'era anche qualcos'altro che l'aveva sorpresa, una sorta di complessità che non aveva notato all'inizio. Pensò al desiderio che Talon aveva avuto di aiutarla, ai problemi che aveva avuto con suo padre. Sì, si trattava di qualcosa di profondo. «Lui… mi sorprende». Keeley si spostò una ciocca di capelli dietro l'orecchio. «Abbastanza stupido, vero?»

«Niente di stupido se ti fa sentire così». Nicky si schiarì la voce.

«Forse dovresti chiamarlo».

«Per dirgli cosa?»

«Ehi, Talon, ti va se siamo amici?».

Keeley pensò che *erano* amici. Che assurdità…

Capitolo 9
Non capisco

Entrando nel parcheggio della scuola, Keeley sospirò un po': era il primo giorno dell'ultimo anno e il suo ultimo primo giorno di scuola alla Edgewood. Avrebbe voluto godersi quell'esperienza, ma il suo cuore non ci stava.

Zach la guardò. «Nervosa?»

«Stanotte non ho dormito molto». Aveva riletto gli sms che lei e Talon si erano scambiati. Magari il loro rapporto se l'era immaginato.

«Ecco cosa succede quando rimandi le cose da fare. Hai finito i compiti di statistica, vero?».

Lei non lo corresse: era meglio che Zach credesse che fosse preoccupata per lo studio che per un ragazzo. «Sono riuscita a fare tutto». Grazie a Talon: senza di lui non ce l'avrebbe fatta.

Zach le tirò delicatamente una ciocca di capelli. «Sicura di stare bene? Hai un'aria triste».

La sua preoccupazione le toccò il cuore. «Sì, sto bene. Ah! Buone notizie: puoi tenere l'auto. Mi riaccompagnerà Nicky».

«Sicura? Cort ha detto che mi avrebbe potuto riportare a casa dopo gli allenamenti».

«Voglio uscire con Nicky, non ci siamo viste molto ultimamente».

«Lo avevo notato. Che succede? Di solito siete inseparabili».

Non aveva voglia di spiegare quello che era successo, non a lui. «Non capiresti».

«Prova con me. C'è stato un periodo in cui eravamo io e te quelli inseparabili».

A quel ricordo Keeley sorrise. «Abbiamo anche condiviso la stessa coperta: mamma ha dovuto tagliarla in due quando siamo diventati abbastanza grandi da poter dormire ognuno nel suo letto. Ma quando avevo paura sgattaiolavo comunque da te».

«E ti rubavi le coperte. Santo Dio, correvi da me per ogni cosa».

«Sì, è vero», ammise lei affettuosamente. Poi gli diede un colpetto al braccio: «Ma poi hai iniziato a giocare a football e sei diventato troppo cool».

Il sorriso di Zach svanì. «Dovremmo andare, non vorrei arrivare tardi».

Uscirono e lei gli porse le chiavi. Keeley aveva quasi superato il parcheggio quando Zach la chiamò. «Ecco, prendi».

Keeley non aveva i riflessi pronti, quindi non notò l'oggetto che le cadeva davanti ai piedi: era la gomma da cancellare a forma di Batman, la stessa che Zach le aveva dato il primo giorno di asilo. Adesso non era altro che un pezzetto a malapena utilizzabile. Keeley non sapeva che l'avesse conservata.

«Ti porterà fortuna», le disse. «Sarà il nostro ultimo anno insieme: viviamolo al meglio, okay?».

Keeley cercò di accantonare la tristezza e annuì con decisione: avrebbero vissuto quest'anno al meglio.

Riusciva ad avvertire l'eccitazione nell'aria mentre i gruppi di studenti si ritrovavano nei corridoi e gli amici accorrevano per salutarsi a vicenda. Quando raggiunse il suo armadietto, Nicky era già lì. Indossava un abito carino che aveva abbinato a delle scarpe da ginnastica. L'amica estrasse un foglio da un raccoglitore. «Tieniti forte: abbiamo solo un corso in comune».

«Come fai a saperlo?».

Nicky le mostrò il foglio: «Quando sono andata a ritirare il mio orario, ho preso anche il tuo».

«Ma non si deve esibire un documento d'identità?»

«Diciamo che ho mentito… ho detto che sei affetta da una brutta forma di cochino».

«Cochino?». Keeley aggrottò la fronte. «E di che si tratta?»

«Me lo sono inventato. Alla segreteria ho detto che si tratta di un virus raro che si prende attraverso il contatto con i polli».

«Così adesso penseranno tutti che io sia stata infettata da una sorta di influenza dei polli?»

«Figurati».

Keeley infilò dei quaderni nel suo armadietto. «Tu sei matta, ma come ti è venuto in mente?»

«Perché sei troppo polla per chiamare Talon». Nicky si infilò le mani sotto le ascelle e iniziò ad agitare le braccia imitando il movimento delle ali.

«Non è vero!».
«Lo hai chiamato?».
Keeley chiuse l'armadietto. «Me lo devo togliere dalla testa».
«Lo prendo come un no».
Del resto anche lui aveva il suo numero di telefono, quindi avrebbe potuto chiamarla. «Quale corso abbiamo in comune?»
«Quello di inglese con la signora Miller, alla sesta ora», le disse Nicky.
Evviva! Si trattava di un corso che Keeley non vedeva l'ora di iniziare. Ma alla prima ora? C'era statistica…
Mentre si dirigeva verso la sua classe, Keeley vide un ragazzo inciampare e ruzzolare a terra. La pila di libri cadde sul pavimento, facendo un rumore acuto: i presenti iniziarono a ridere, ma nessuno si fermò ad aiutarlo. Keeley si sorprese nel vedere che si trattava di Gavin, il novellino che era stato assegnato a suo fratello.
Sollevò un libro e vide che era il manuale di economia avanzata, lo stesso che aveva lei. «Questo è di Zach?», chiese, porgendoglielo.
Gavin lo prese e lo posò in cima agli altri. «Vuole che glieli conservi fino a dopo pranzo. Grazie per l'aiuto».
«Mattinata difficile?».
Gavin si strinse nelle spalle, evitando di incrociare lo sguardo di Keeley. «Tutto okay».
«Andrà meglio».
«Cosa andrà meglio?»

«Essere comandati a bacchetta dai giocatori di football dell'ultimo anno: all'inizio sono molto più tosti». Ricordò il primo anno di Zach: anche lui era preoccupato, ma ce l'avevano fatta insieme.

«Come fai a saperlo?», chiese Gavin.

«Chi credi che sia stato ad aiutare Zach? Una volta, durante la settimana degli esami, il suo senior gli telefonò nel cuore della notte, perché voleva del cibo da asporto. Girammo in bici tutta la città e alla fine trovammo un chiosco di burritos aperto ventiquattro ore su ventiquattro».

«Quando mi sono iscritto, mio cugino mi aveva messo in guardia, ma pensavo che esagerasse».

Keeley conosceva quel tasto dolente, proprio come se lo avesse toccato in prima persona. Si chinò e gli sussurrò: «Ti confesso un segreto: il punto è obbligarti a legare con i tuoi compagni di squadra del primo anno».

«Posso farlo anche senza dover portare tutti i libri di Zach. Tuo fratello è un despota».

«Non mi dici nulla di nuovo: comanda a bacchetta pure me, anche se in teoria io sarei più grande di lui». Gli occhi di Gavin si spostarono su qualcosa alle spalle di Keeley: si trattava di un poster della mascotte del liceo che schiacciava quella della Crosswell. «Ah, la famosa rivalità. Ne hai sentito parlare, non è vero?»

«Ho sentito dire che è molto forte, specialmente fra le squadre di football».

«È un eufemismo». La rivalità si era acuita da quando Zach era entrato a far parte della squadra: sembrava che suo fratello la incoraggiasse, in qualche modo. La campanella suonò.

«Prima che tu vada…». Keeley scrisse dei numeri su un foglio del suo quaderno che poi strappò. «È la combinazione del mio armadietto. Si trova proprio al centro del campus: ti sarà più facile tenere le tue cose».

Gavin la osservò come se lei gli avesse appena regalato un milione di dollari. «Mi farò perdonare. Cosa vuoi? Denaro? Cibo? I miei reni?»

«Non ho bisogno di nessuno dei tre, ma grazie. Ci vediamo in giro». Non appena Gavin scomparve dalla sua vista, si affrettò a mandare un sms a Zach.

Vacci piano con Gavin.

Stai tranquilla. Oggi mi porterà solo i libri e il pranzo fuori dal campus.

Fuori dal campus? Perché?

Di solito Zach mangiava pizza o burritos alla caffetteria della scuola.

Ho sentito che gira un brutto virus aviario. Non ci penso proprio a mangiare a scuola.

Keeley scoppiò a ridere: la notizia dell'influenza che Nicky si era inventata era ormai diventata virale.

La sua giornata passò fra le scartoffie del ritorno

a scuola e i racconti di ciò che aveva fatto durante l'estate. Ma anche col timore crescente di quello che avrebbe dovuto fare una volta finito l'anno. Quando tornò a casa, il timore era diventato panico a pieno titolo. E fu proprio allora che Talon la chiamò.

L'ansia che si annidò nel suo stomaco la infastidì. «Che vuoi?»

«Keeley!». Talon sembrava un po' strano. «Indovina? Ho bevuto!».

Quindi l'aveva chiamata da ubriaco: sapeva che lei doveva affrontare le continue sbornie di suo fratello, quindi... Cosa? Forse Talon aveva immaginato che lei potesse fare la stessa cosa anche con lui? «Ti saluto, Talon».

«No, aspetta!», gridò Talon. «Volevo chiederti una cosa».

Di perdonarlo, magari? Anche se non era certa che lo avrebbe fatto.

«Mi serve un'opinione sincera», le disse con voce solenne. Ci fu un brusio di sottofondo, poi chiese: «Boxer o slip? Cosa preferisci?».

Disgustata, Keeley riagganciò. Pochissimi secondi dopo il suo cellulare squillò nuovamente e lei rispose controvoglia. «Che c'è?», domandò. Aveva un tono di voce talmente gelido che avrebbe potuto congelare anche il telefono.

«Scusami! Stavo scherzando. Non è quello che ti volevo chiedere. Diciamo che ero davvero molto, molto ubriaco e ti ho chiamata».

«Vuoi dire come adesso?»

«Mi verresti a prendere?».

La risposta fu facile. «No».

Il tono scherzoso abbandonò la voce di Talon, e l'ostilità prese il sopravvento. «Perché no? Vai sempre a prendere quello stronzo del tuo gemello!».

«Non mettere in mezzo mio fratello!». Almeno Zach non l'aveva mai piantata in asso.

«Ho chiesto in giro, so tutto di te. Perché io... oooh!». Ci fu un rumore assordante. Poi non sentì più nulla.

«Talon? Talon, stai bene?».

In sottofondo Keeley sentì che Talon stava trascinando una sedia. Sottovoce, il ragazzo borbottò: «Dannata sedia! Non c'era, prima».

«Dove sei?»

«A casa di un amico. Sono uscito in giardino, dovevo sedermi un po'». Talon si interruppe. «Cosa stavo dicendo?»

«Quanto credi che io sia fantastica».

«Lo sei. E lo sai, Keeley Anne Brewer. Sorella gemella della famosa star del football Zachary Brewer. All'ultimo anno dell'Edgewood High. Che ama la lettura. Ma c'è una cosa che non capisco e che non ha alcun senso: com'è possibile che nessuno ti conosca?»

«Di cosa stai parlando?»

«Dei tuoi sms».

Keeley rimase senza fiato.

«Nessuno lo capisce. Pensano che tu sia...». Talon si interruppe. Keeley riusciva a percepire il suo respiro affannato. «Perché sei così diversa quando mi scrivi? Sono io? Tu sei diversa con me?».

Lei si era posta la stessa domanda, sapeva di aver dato una diversa idea di sé con quegli sms. Perché Talon era riuscito a tirare fuori questo lato di lei, più sicuro e provocante?

Ma non lo avrebbe ammesso, non dopo il modo in cui lui l'aveva trattata. «Certo che no!», gli disse. E poi gli fece la domanda che non vedeva l'ora di porgli: «Perché mi hai piantata da Java Hut, l'altro giorno? Credevo che stesse andando tutto bene».

«Ha davvero importanza? Tanto non ci rivedremo più».

«Potremmo farlo, se volessimo».

«Non possiamo».

«E allora perché diavolo mi hai chiamata?». Talon la stava prendendo in giro e non era carino.

«Non lo so! Volevo solo... Ah!», gridò, frustrato. Si udì un colpo secco, come se avesse dato un calcio a qualcosa.

«Talon?». La linea era disturbata. «Cosa volevi...».

«Dimenticalo». E con questo, Talon riagganciò.

Capitolo 10
Devo guardare avanti

«Bene. Giù la penna, tutti quanti. Passate avanti il vostro compito», disse la signora Miller.

Keeley aveva consegnato un compito pieno di parole barrate e frecce, ma era comunque soddisfatta di ciò che aveva scritto. Poi vide l'elaborato di Zach, che era seduto dietro di lei: un compito pulito e sintetico. Ma come faceva? Insomma, erano fratelli gemelli, in teoria non dovevano essere uguali? «Mi fai venire i complessi di inferiorità», gli sussurrò.

«Credo di aver fatto qualche casino». Zach lo diceva tutte le volte, ma poi prendeva sempre A. Zach si piegò in avanti. «Senti, posso tenere l'auto oggi? Dopo gli allenamenti vorrei trattenermi per esercitarmi sui tiri».

«Ma non ti sei trattenuto anche ieri?». E il giorno prima? Zach sapeva di non dover sforzare troppo il braccio: si sarebbe potuto infortunare e poi di non poter giocare.

«So quello che faccio», protestò lui.

Keeley lanciò un'occhiata a Nicky, che alzò le spalle come per dire "che ci vuoi fare?". «Okay, puoi tenere l'auto». Ma, una volta tornato a casa, avrebbero dovuto parlare.

La signora Miller si alzò dalla cattedra. «Adesso siete studenti dell'ultimo anno e questo significa che sta per arrivare il momento di inoltrare le domande per il college». Un mugolio generale si levò. «Nei prossimi mesi lavoreremo ai vostri saggi di ammissione. Saranno molto importanti, perché sarà in base a questi che i college decideranno se accettarvi oppure no. Ora, potrete scegliere l'argomento: il vostro programma televisivo preferito, un hobby, una storia personale, qualsiasi cosa dalla quale si evinca chi siete. In passato ho anche avuto uno studente che aveva scritto del suo odio per i broccoli».

«E ce l'ha fatta a entrare?», gridò qualcuno.

«Sì. Vedete, non si tratta di scrivere quanto amiate lo studio o di vantarsi dei voti che avete. Questa è la vostra occasione per dimostrare ciò che i punteggi dei test, le valutazioni e le attività extracurricolari non possono fare. Inizierete questo weekend». La signora Miller alzò una pila di fogli. «Se non sapete da dove iniziare, qua c'è una lista di suggerimenti. Ricordatevi di prenderne uno quando uscite dall'aula».

Per Keeley fu un sollievo sapere che i college non si basavano solo sui voti per prendere le loro decisioni. Un saggio poteva essere la sua occasione per dimostrare che lei non era solo… nella media.

Al suono della campanella, Keeley andò da Nicky. «Potresti darmi un passaggio a casa?»

«Veramente avevo già dei programmi. Fra poco mi vedo con quel ragazzo del college di cui ti stavo parlando», rispose Nicky desolata.

Keeley cercò di mostrarsi felice, ci provò davvero, ma il pensiero di Talon quel giorno al molo lo rendeva difficile. Si sforzò di rispondere nella maniera più allegra possibile: «Non ti preoccupare, lo chiederò a qualcun altro. Vai, divertiti. Poi raccontami tutti i dettagli via sms».

Si diresse in fretta verso il parcheggio, dove sperava di trovare qualcuno che la potesse riaccompagnare. Vide Randy che salutava i suoi amici entrando in auto e si guardò intorno: non aveva molta scelta. Corse verso di lui e bussò sul vetro.

Randy abbassò il finestrino. «Ciao, Keels. Che c'è?».

Odiava questo soprannome, tutti sapevano che era il modo in cui la chiamava Zach. «Mi chiedevo se potessi darmi un passaggio».

«No problem». Randy aprì lo sportello e spostò le sue cose sul sedile posteriore. «Un po' come ai vecchi tempi», osservò quando lei fu salita.

Era vero: la sua auto aveva ancora quel fresco profumo di limone che lei amava. «Com'è andata la tua estate?»

«Al solito. Ho visitato quella bellissima cittadina sulla costa». Chiacchierarono per un po', poi, all'improvviso, Randy le domandò: «Chi è questo ragazzo che stai frequentando?».

Bene. Talon aveva parlato con Randy. «Non ci stiamo frequentando», replicò lei bruscamente. Talon aveva fatto parte della sua vita solo per poco tempo, ma in qualsiasi momento sembrava che dovesse ricordarsi di lui. Non era stato per niente carino da parte sua infilarsi nella sua vita, sconvolgerla e poi andarsene.

«Oh. Tutto okay?»

«Sì. Voglio dire che non ci stavamo…». Frequentando. Non si erano ancora mai detti che si piacevano.

Randy la osservò con la coda dell'occhio. «Lo so quanto possa essere difficile una rottura. Sono qui se hai bisogno di parlare».

Questo era il ragazzo dolce di cui si era innamorata. Adesso era dispiaciuta di non aver offerto a lui il biglietto per la Barnett, ma non lo avrebbe usato nemmeno Talon. «A proposito di quella visita alla Barnett, il prossimo weekend: ho ancora un biglietto. Ti andrebbe di venire con me?».

Lui le lanciò una di quelle occhiate che una volta le facevano battere il cuore. «A dire il vero, mio cugino me ne ha già procurato uno. Lui vive lì e con qualche moina a una delle ragazze è riuscito a ottenerlo. Comunque dovremmo andarci, sarà bello passare del tempo con qualcuno che conosco».

Non sarebbe stato divertente come andarci con Nicky o Talon, ma sarebbe stato comunque meglio che andarci da sola. «Come raggiungerai il campus? Io prendo il treno domani».

«Io parto stasera, così posso passare un po' di tempo con mio cugino. Che ne dici se ti vengo a prendere alla stazione quando arrivi?».

Keeley esitò. Se lui fosse andato a prenderla, le sarebbe sembrato di tornare ai tempi in cui si frequentavano, e questo non lo voleva. Sarebbe stato un passo indietro. Ma in che modo poteva guardare avanti se non sapeva come fare? L'ignoto le faceva paura e, nel profondo, non era nemmeno sicura che avrebbe *voluto* farlo, quel passo in avanti, nemmeno se avesse potuto. La paura era un'emozione potente.

Randy fermò l'auto davanti casa di Keeley. «Allora siamo d'accordo?».

Non sarebbe stato carino rifiutare la sua offerta. «Certo, ci vediamo direttamente lì». Ignorando quella sensazione che le attanagliava lo stomaco, chiuse la portiera dell'auto ed entrò in casa. Forse avrebbe proprio dovuto cancellare il viaggio, ma poi Zach? Non poteva fargli questo, lui non vedeva l'ora che lei ci andasse.

Keeley trascorse il resto del pomeriggio lavando abiti e scaricando libri da leggere in treno. Non faceva che guardare l'ora, in attesa che il fratello tornasse a casa, poiché doveva parlargli degli allenamenti.

Finalmente dopo cena Zach arrivò, sembrava stanco ma soddisfatto. Keeley aspettò che si fosse fatto la doccia, poi bussò alla sua porta. «Hai un minuto? Ti dovrei parlare».

Era seduto alla scrivania. «Sì. Sto cercando di buttare giù qualche idea per quei saggi del corso di inglese».

«Scriverai di football?»

«È quello che tutti si aspettano da me. Tu pensi che sia troppo scontato?».

Keeley osservò i poster che ricoprivano le pareti: il football era la sua passione. «Potresti dargli un taglio più personale, parlare di come questa passione abbia cambiato la tua vita. O qualcosa del genere». Mentre Zach prendeva appunti, Keeley si accomodava sul pouf. «Come sono andati gli allenamenti?»

«Bene», replicò lui distrattamente.

«Zach», disse lei con fermezza. Una volta catturata la sua attenzione, spiegò: «Sono preoccupata. Stai passando tutto questo tempo ad allenarti... e se ti fai male?».

Zach sembrava molto fiducioso. «Sono in gran forma».

«Per adesso. Mamma e papà lo sanno?»

«Non proprio», ammise lui. «Ma ho fatto attenzione. Ho *bisogno* di queste sessioni di allenamento extra».

«Non ne hai mai avuto bisogno prima. Perché ora sì? Spiegami».

«Sono preoccupato», disse a bassa voce.

«Per cosa?». La Edgewood aveva vinto tutte le amichevoli di quell'anno e la squadra non era mai stata più forte.

«Maledizione, è così imbarazzante...», borbottò Zach coprendosi il volto con le mani. «Ho paura di non riuscire a entrare alla Barnett, okay?».

Quell'ammissione la sorprese: suo fratello non si preoccupava mai, perlomeno non in questo modo. «Ma se hai la media dell'otto e dei voti pazzeschi. Ce la farai».

«Ma io parlo del football. E se prendono qualcun altro?»

«Esistono altri college con ottime squadre di football».

«Ma io sogno di giocare per la Barnett da quando

avevo dieci anni!». Zach lanciò un'occhiata alla libreria dove, allineati, si trovavano tutti i suoi trofei di football. «So che stanno tenendo d'occhio JT».

«Il quarterback della Crosswell?». Zach lo odiava e Keeley lo sapeva, perché JT era stato il primo a poter competere davvero con lui, ed era dal primo anno che cercavano di superarsi a vicenda.

«La Crosswell ha vinto il campionato statale lo scorso anno e io non posso permettere che accada di nuovo. Ecco perché mi sto allenando così duramente».

Era *solo* un gioco, ma non poteva dirglielo, poiché il football era tutta la vita per Zach. «La Barnett non prenderà nessuna decisione basandosi su un solo incontro. Tu hai già dimostrato quello che vali».

«Devo dimostrare di essere il migliore. O almeno migliore di JT. Manca poco alla grande sfida Edgewood-Crosswell, e io devo assolutamente batterlo».

Keeley comprendeva la sua necessità di vincere, ma non a costo di infortunarsi. Come faceva Zach a non rendersene conto? La passione rende ciechi, e forse era un bene che lei non ne nutrisse alcuna: almeno riusciva a ragionare a mente lucida. «Devi parlare con papà e mamma o almeno con il tuo coach».

«Conosco il mio corpo».

Keeley non lo avrebbe consentito, non se c'era di mezzo la sua salute. «Devi dirglielo. O lo farò io».

«Fai sul serio?», chiese Zach, esterrefatto. «D'accordo. Glielo dirò questo weekend».

«E non farai altri scherzi alla Crosswell, okay?». L'anno prima lo avevano quasi beccato.

Zach alzò la testa. «Anche loro fanno così con noi».

Controbattere non sarebbe servito a niente, Zach avrebbe fatto di testa sua. «Un'altra cosa: mi puoi accompagnare alla stazione domani?».

Zach la osservò. «Ci vai davvero? Pensavo che all'ultimo ti saresti tirata indietro».

«Lo volevo fare», ammise Keeley. Ma quella visita significava molto per suo fratello e lei avrebbe potuto sfruttare quei due giorni per vedere cosa avrebbe apprezzato del college.

«Credo che resterai sorpresa di quanto ti piacerà. A che ora devi partire?»

«Alle sei».

Dopo essere uscita dalla sua stanza, Keeley estrasse gli abiti dall'asciugatrice e li posò sul letto. Cosa avrebbe dovuto indossare per questa visita? I vestiti che metteva di solito sarebbero andati bene? Di certo Nicky lo sapeva, quindi prese il telefono e la chiamò. «Non so cosa portarmi. Devo vestirmi in maniera elegante, pratica o casual?»

«Portati qualcosa di carino, come quella maglietta che metti spesso, e qualcosa di più casual».

Keeley rovistò nella pila di vestiti e trovò la maglia verde. «Porterò anche la tua gonna a fiori. Com'è andata con quel ragazzo del college?».

Nicky si lasciò sfuggire un lamento. «Avevo completamente frainteso il suo sms: aveva invitato tutti quelli del gruppo, non solo me. Non credo che mi guarderà mai in quel modo. Almeno questo weekend me ne potrò andare alla spa con mia madre».

«Mi piacerebbe che venissi alla Barnett con me. Sicura di non voler cambiare idea?»

«Grazie, ma in questo momento la prospettiva di farmi coccolare mi sembra la cosa migliore. Credi che Talon si farà vivo?».

No, credeva di no. Non dopo la telefonata finita in quel modo. «Non capisco perché si sia dato la briga di chiamarmi». Talon aveva già deciso che fra di loro non sarebbe successo nulla.

«Ha telefonato per confonderti le idee. Devi toglierselo dalla testa, Keeley. Devi guardare avanti».

Nicky aveva ragione: doveva guardare avanti. Talon era stato una stupida cotta estiva che l'aveva distratta da ciò che era davvero importante, e la visita alla Barnett sarebbe stata l'opportunità perfetta per riflettere sul proprio futuro.

Capitolo 11
Mi sento inquieta

La mattina dopo, Keeley prese posto sul treno e tirò fuori l'e-reader, emozionata all'idea di iniziare una nuova lettura.

«È libero questo posto?».

Alzò gli occhi e si trovò di fronte un uomo robusto e non troppo alto. «Mi spiace», disse con un sorriso di circostanza. Non aveva proprio intenzione di passare le seguenti quattro ore seduta accanto a un perfetto sconosciuto. L'uomo annuì e passò oltre.

Il treno partì con un sobbalzo e iniziò il suo percorso lungo la costa. Keeley si appoggiò allo schienale e cominciò a leggere la prima pagina.

Il cellulare vibrò. Aveva ricevuto un sms. Il cuore le balzò nel petto quando vide di chi era.

Emozionata per la Barnett?

Keeley appoggiò la fronte sul finestrino, e un sorriso si allargò sul suo viso.

È per me quel sorriso?

Sollevò la testa.

Come fai a sapere che sto sorridendo?

Il riflesso sul finestrino. Voltati.

Rimase senza fiato, il cuore iniziò a batterle all'impazzata. Si alzò lentamente, appoggiò il ginocchio sul cuscino del sedile e si girò a osservare il passeggero che sedeva dietro di lei. «Talon», sussurrò.

Talon era seduto a braccia conserte e Keeley non poté fare a meno di notare quanto fosse bello nei suoi jeans scuri e nella felpa blu. I suoi occhi penetranti erano fissi su di lei. Si girò e sorrise. «È bello rivederti, bambola».

Talon era lì. Era lì davvero. Keeley aprì la bocca, ma le parole le rimasero in gola.

«Credo di averti lasciata senza parole». Si stirò e si chinò in avanti, appoggiando le braccia sulle ginocchia. «A quanto pare faccio questo effetto a un sacco di ragazze. Dev'essere il mio indimenticabile carisma». La prima volta in cui si erano scambiati sms lui le aveva dato proprio quest'impressione: di essere, cioè, egocentrico e narcisista.

Ma Keeley non era dell'umore adatto per questo. Le mancava l'altro Talon, quello al quale pensava come il vero Talon. «L'unico effetto lo provochi al mio reflusso faringeo». Talon stava ridacchiando o sorridendo? «Mi è mancato tutto questo. La vita è stata noiosa senza di te».

«Quindi è per questo che sei qui? Perché porto un pizzico di pepe nella tua esistenza?»

«C'è qualcuno che ha un'alta idea di sé».

«Non so come ho fatto a pensare che invitarti potesse essere una buona idea». Keeley tornò a sedersi.

«Forse a causa del mio fisico scolpito e della mia prestante bellezza?». Talon era chinato su di lei, le braccia strette intorno al poggiatesta.

«Ho visto di meglio», rispose lei aspramente. Era stato un errore, ma anche a lei mancavano quelle chiacchierate, perché le era sembrato che, in qualche modo, l'avessero tenuta in vita. Perché era tutto diverso con lui e solo con lui?

«La mia personalità affascinante e la mia arguzia?»

«Siediti, Talon».

«Non posso accomodarmi vicino a te?», chiese il ragazzo, indicando la giacca che lei aveva posato sul sedile perché nessuno le si sedesse accanto.

«Preferirei ritrovarmi vicino a un cactus».

«Hai pensato che io mi fossi dimenticato di te?», domandò. «Non ti preoccupare: il tuo numero è in cima alla mia top ten di ragazze da chiamare».

Keeley rimase a bocca aperta.

«Okay, va bene, nella top five. Ma è tutto quello che sono disposto a concederti».

Keeley tirò fuori gli auricolari e li collegò al cellulare. Preferiva Randy a questa versione di Talon. E accidenti! Il paragone era anche perfetto! Randy aveva due personalità, una con i suoi amici e l'altra con lei. Proprio come Talon, a quanto pareva.

«Cosa stai facendo?», le chiese.

«Ti sto ignorando». Keeley alzò il volume per fargli capire, ancora meglio, che non desiderava parlare. Ma lui aveva altri piani. Le sottrasse il cellulare e staccò gli auricolari. «Ehi!», gridò Keeley, allungando una mano per afferrarlo, ma Talon lo aveva infilato nella tasca dei jeans. «Ridammelo!».

«Non fino a che non mi avrai detto cosa c'è che non va».

«C'è che, da quando sei salito su questo treno, ti sei comportato da stronzo! Io credevo che quegli sms e quelle chiamate significassero qualcosa, che avessimo iniziato… Sai una cosa? Non importa. Dimentica tutto». Prima lui l'aveva piantata da Java Hut e adesso era scortese. Questo dimostrava che non significava niente per lui.

«Keeley… non è stato…». Un sospiro frustrato gli sfuggì dalle labbra. «Non volevo fare così. Ma tu… Non hai aperto bocca quando mi hai visto. Io pensavo che avessi cambiato idea circa il fatto di volermi qui, dunque…». Si toccò la gobbetta del naso e scosse la testa. «Senti, non possiamo ricominciare da capo? Non era così che volevo che iniziasse questo viaggio».

Lei si guardò le mani. «Nemmeno io».

«Mi dispiace di aver fatto lo stronzo. Puoi perdonarmi?».

Keeley tolse la giacca dal sedile. Talon si sedette e lei fu investita dalla sua acqua di colonia, un mix di legno e Old Spice. Aveva un buon profumo, quel tipo di profumo buono e pericoloso che può mettere nei guai una ragazza.

«Hai ancora il mio biglietto, no? Sarà meglio che tu non lo abbia dato a Randy».

«Il biglietto è mio, non tuo. E comunque no, non gliel'ho dato. Lui ne ha uno e ora è già alla Barnett». Keeley si interruppe, per poi aggiungere: «Verrà a prendermi alla stazione».

Talon aggrottò la fronte. «Verrà a prender*ci* alla stazione. Ma perché poi? Pensavo che fra voi fosse finita».

Perché quella gelosia nella sua voce? «Non credevo che saresti venuto e non mi andava di fare la visita da sola».

«Quindi voi due state insieme o che cosa?».

Era geloso, indubbiamente. «Sai, non lo farei», "cosa? Flirtare?", pensò, «se stessi con qualcuno».

Talon si avvicinò, e le loro spalle si toccarono. «E, solo perché tu lo sappia, non lo farei nemmeno io se stessi con qualcuno».

Davvero lui stava dicendo quello che lei pensava stesse dicendo? Gli occhi di Talon si posarono sulle sue labbra, facendosi più scuri. Le si avvicinò, ma all'improvviso lo stomaco di Keeley brontolò.

«Hai fame?».

Keeley ritrasse la testa, per evitare che lui notasse le sue guance in fiamme. Il suo stomaco brontolò di nuovo, come se stesse morendo di fame.

Talon si alzò e iniziò ad armeggiare con la cappelliera portabagagli, da cui estrasse uno zaino. «Mia madre mi ha fatto il classico sandwich al burro di arachidi e marmellata, che poi è l'unica cosa che io e mio padre le consentiamo di preparare. È un disastro in cucina: l'ultima volta che ha provato a scaldare qualcosa al microonde è riuscita a romperlo».

Mentre continuava a rovistare nello zaino, qualcosa di giallo catturò l'attenzione di Keeley, che si chinò in avanti per guardare meglio all'interno. «Quelli sono Peep?». Prese lo zaino per controllare meglio. «Quanti ne hai portati?».

Talon chiuse gli occhi, sembrava leggermente imbarazzato. «Solo sei o sette confezioni».

Sei o sette? Era matto? «Lo sai che ci tratterremo solo due giorni, vero?».

Talon si infilò un marshmallow in bocca e la sua espressione si addolcì mentre masticava e poi ingoiava il boccone. Ne prese un altro. «Te l'avevo detto che si tratta dell'invenzione più grande dell'umanità».

Quella telefonata, chiusa nel bagno della casa di Nicky, le sembrò appartenere a un'altra vita. «Non è vero. Se ti ritrovassi da solo su un'isola deserta…».

«Sì, mi porterei assolutamente i marshmallow. Me ne porterei una vagonata. Li potrei lasciare all'aperto per attirare gli insetti e poi usare questi insetti come esche per i pesci. Lo vedi? Deliziosi e anche utili. Ma adesso tocca a te: cosa ti porteresti?»

«Uhm, mi porterei quel tizio inglese della TV che sa sopravvivere in mezzo alla natura selvaggia».

Talon si accigliò. «Lo porteresti con te solo perché è bello».

«Non solo per questo, ma certo il suo aspetto sexy è un fattore rilevante». A quale ragazza non sarebbe piaciuto ritrovarsi su un'isola deserta con un uomo dal fisico di un modello?

«Non è *così* sexy. E se consideri solo l'aspetto fisico, allora perché non scegli me? Ti ci porto *io* sull'isola».

Ecco le farfalle nello stomaco. «Dici davvero?»

«Ovviamente». Talon ammiccò. «Chi altri potrebbe tenere a freno il mio ego? Okay, se potessi avere un superpotere, quale sarebbe?».

Questa era facile. «Volare, ma niente mantelli. Quella roba è pericolosa».

«Volare sarebbe anche il mio primo desiderio, ma credo che sarebbe pazzesco essere immortali: si potrebbe fare ogni tipo di follia».

«Ad esempio?»

«Ad esempio gettarsi da un aereo o partecipare a una corrida. E tu cosa faresti se fossi immortale?». Quattro ore dopo non avevano ancora smesso di parlare.

«Non è così, l'eroe è Frodo!», spiegava Talon. «È lui che ha portato l'anello a Mordor, è stato lui a salvare la Terra di mezzo».

«Sì, ma non ce l'avrebbe fatta senza Sam: è lui il vero eroe. Frodo ha cercato di liberarsi di Sam, ma lui ha continuato ad aiutarlo».

«È stato un gesto sacrificale!».

Keeley riconosceva quel tono, era quello da "sto per fare una brutta fine". «Un altro punto morto».

«L'apocalisse zombie non era un punto morto. Ho ragione io! Una spada sarebbe l'arma migliore».

«Le spade sono pesanti. Ti farei rallentare e finiresti in pasto agli zombie».

«Ma è una spada!».

Talon aveva un'espressione adorabile sul viso e Keeley non riuscì a trattenersi dall'accarezzargli la guancia. «D'accordo: ti puoi tenere la spada, ma io mi tengo Sam».

Keeley era sorpresa di quanto si sentisse a proprio agio con lui. Allungare la mano per toccargli la guancia era una cosa che non avrebbe fatto con nessun altro. Cos'aveva Talon che la faceva spingere così oltre? Forse questo accadeva perché anche lui faceva lo stesso: riusciva sempre a trovare il modo di accarezzarle mani e braccia e le spostava i capelli dal viso. Anche mentre lei guardava fuori dal finestrino, lui si chinava su di lei in modo da avvicinare la bocca alle sue orecchie. Ogni qualvolta le diceva qualcosa, il suo respiro le solleticava il collo. Ogni cellula del suo corpo avvertiva la sua presenza, e questa sensazione la rendeva inquieta.

Keeley si stava divertendo così tanto che non si accorse nemmeno che il treno stava entrando nella stazione. Scorse subito la sagoma di Randy, la sua maglietta a righe bianche e rosse che lo faceva spiccare in mezzo alla folla.

«Stai scherzando?», le sussurrò Talon alle orecchie: era così vicino che Keeley riusciva a percepire il calore del suo corpo. «Sembra spuntato fuori da una serie TV degli anni Novanta Per quanto tempo hai frequentato questo pagliaccio?».

Keeley afferrò la sua mano e la strinse leggermente. «So che si tratta di una situazione bizzarra, ma, per favore, comportati civilmente. Fallo per me». Talon ricambiò la sua stretta, senza lasciarle la mano, cosa che non le dispiacque. Talon aveva mani grandi. Forti. Si sentiva al sicuro con lui.

Quando raggiunsero Randy, fece le presentazioni. «Ti spiacerebbe dare un passaggio anche a Talon?». Avrebbe dovuto mandargli un sms per chiederglielo, ma aveva preferito non farlo.

Randy sembrò sorpreso, ma accettò senza problemi. «Certo. Ho parcheggiato lungo la strada. Tu sei il ragazzo del cellulare, vero?».

Keeley si preparò al peggio vedendo la lunga occhiata che Talon aveva dato a Randy. Ma poi Talon sospirò e rispose: «Proprio io».

Quando Randy si voltò, Keeley gli sorrise: Talon aveva obbedito alla sua richiesta. Doveva pure significare qualcosa, no?

Capitolo 12
Lui mi piace

«E questa statua è stata eretta per ricordare i padri fondatori che nel 1852 diedero vita a questa università», disse la guida. «Se osservate bene, c'è un piccolo...».

Keeley alzò gli occhi al cielo: avrebbe preferito trovarsi su quella benedetta isola deserta, anziché lì.

«Anche tu ti stai annoiando?», le sussurrò Talon.

«Potrei mettermi a piangere da un momento all'altro», gli sussurrò lei di rimando.

«Dobbiamo tagliare la corda!».

«Non possiamo». Al loro arrivo avevano ricevuto un programma di tre pagine e la visita sarebbe proseguita per altri tre quarti d'ora. Poi ci sarebbe stata la cena. Keeley riusciva a capire come mai Zach desiderasse tanto che anche lei si iscrivesse alla Barnett: quel college aveva quel certo non so che di mondano che lui amava. Ma lei era diversa, lei desiderava qualcosa di meno rigido e di più creativo e aperto alle idee.

«Non so come la vedi tu, ma passare tutto il giorno a osservare delle statue non coincide esattamente con la mia idea di divertimento».

«Non siamo qui per divertici». Piuttosto avrebbero

dovuto imparare qualcosa di nuovo, concentrarsi sul college e sul proprio futuro.

«Ma se non ti puoi divertire al college, allora dove? Dài, andiamo a farci un giro».

A Keeley sarebbe piaciuto mollare il tour e andarsene in giro con Talon. Era un'eventualità che, di solito, non avrebbe nemmeno preso in considerazione, ma con lui era ben diverso. Tuttavia non poteva scaricare Randy. Si alzò in punta di piedi e lo vide: il suo ex si trovava proprio davanti e continuava ad annuire mentre la guida raccontava un altro avvenimento storico.

«Bambola, se mi devo sorbire un altro aneddoto sui padri fondatori, sbatterò la testa contro il muro».

Keeley provava la stessa cosa. Dannazione, non doveva a Randy alcuna giustificazione, mica si erano recati lì insieme. «Tagliamo la corda dopo questo, ora daremmo troppo nell'occhio».

Lei non doveva proprio trovarsi lì, pensò. Stava sprecando il tempo dello staff della Barnett e anche il proprio. Dannazione, Zach! Questo era il college dei sogni di suo fratello, non dei suoi! E lo sapeva anche lui, ma questo gli aveva impedito di fare pressioni su di lei perché ci andasse? No! Faceva sempre così, agiva a sua insaputa e poi la faceva sentire in colpa se lei non accettava di buon grado ciò che lui aveva deciso. Avrebbe dovuto dire di no già a partire da quel momento: dopotutto si trattava della sua vita.

Quando il gruppo iniziò a spostarsi, Keeley e Talon si portarono verso il fondo. La guida condusse tutti verso l'edificio sulla sinistra. Talon avanzò verso destra, facendo cenno a Keeley di seguirlo. Mentre il gruppo si allontanava, Keeley abbassò la testa e si affrettò dietro Talon.

«E ora?», chiese ad alta voce. Si trovavano alle spalle di un vecchio edificio all'inizio del campus. Da soli. Keeley era felice di essersi allontanata dal resto del gruppo, ma ora si sentiva leggermente in imbarazzo: sul treno c'erano altri passeggeri, ma adesso erano loro due e basta.

«Qual è la cosa che non vedevi l'ora di vedere, qui?».

Lui.

Ma non lo disse ad alta voce. «Non saprei. In tutta sincerità non so molto di questo posto. Zach voleva che io ci venissi, e io l'ho fatto». Ma quanto poteva sembrare patetico tutto ciò? «E tu? C'è qualcosa in particolare che desideri vedere?»

«Siamo sulla stessa barca: non ho in programma di iscrivermi alla Barnett, ma tu mi hai chiesto di venire e io l'ho fatto. Ero curioso di conoscerti da quando ci siamo scambiati i telefoni».

Il viso le andò a fuoco. «Davvero?».

Talon le cinse la vita con un braccio. «Io sono venuto qui per conoscerti meglio, Keeley».

Le sue parole le diedero le vertigini, ma anche lei aveva delle domande da fargli. «E allora perché ti sei comportato come se non dovessimo vederci mai più, la sera che mi hai chiamata quando eri ubriaco? E perché mi hai piantata così da Java Hut?».

Talon l'attirò a sé finché non le fu talmente vicino da

poter appoggiare la testa sulle sue spalle. Dolcemente e a voce bassa, in modo che solo lei lo potesse sentire, le sussurrò: «Faccio sempre casini con te, non è vero?».

Keeley cercò di ignorare la loro estrema vicinanza fisica, ma era difficile se l'unica cosa che riusciva a percepire era... *lui*. «Potresti spiegarmelo, per favore?».

Talon si ritrasse. «Voglio solo che ci divertiamo in questi due giorni. Potremmo mettere da parte tutto il resto per dopo? Per favore...».

Fu il "per favore" a farla capitolare. Sì, avrebbe aspettato, non avrebbe avuto un'altra occasione come questa, e la nuova Keeley aveva intenzione di buttarsi. «Allora, cosa vuoi fare?».

Talon indicò l'edificio. «Cosa credi che ci sia qui dentro?».

Keeley ricordava la mappa del campus: «Una sala di lettura».

«Andiamo a dare un'occhiata», rispose lui prendendola per mano.

Vi entrarono con calma. L'aula era talmente grande da sembrare uno stadio in miniatura! Vi erano almeno duecento persone che prendevano furiosamente appunti sugli amminoacidi. Sarebbe stato così il college? Keeley notò che una ragazza stava giocando con il cellulare, proprio come avrebbe potuto fare lei.

Talon le diede una piccola gomitata e poi sussurrò: «Bella noia!».

Keeley era d'accordo. Sarebbero anche potuti rimanere con il gruppo. Mentre uscivano in punta di piedi, lui commentò: «Wow! Davvero intenso!».

«Non scherzare». Eppure, in qualche modo, la vista di quella ragazza fece sentire meglio Keeley: magari al college non erano tutti ambiziosi e impostati, magari c'era anche qualcuno incerto, come lei. Il suo cellulare vibrò.

Randy: Ragazzi, dove siete?

Oddio! Keeley mostrò l'sms a Talon. «Non so cosa dirgli», spiegò.

«Digli solo che ce ne siamo andati».

«Ma non gli abbiamo chiesto di unirsi a noi, è da maleducati!».

Talon la fissò, come se stesse vedendo una cosa nuova in lei. «Da quando in qua tu non sei diretta? Da' qua, glielo dico io», disse, prendendole il cellulare.

Ce ne siamo andati. Torniamo più tardi.

«Problema risolto». Talon spense il cellulare di Keeley e poi fece lo stesso con il proprio. «Ecco fatto. Niente distrazioni: solo noi due e il college».

Ma ora cosa avrebbero fatto? Non sapevano dove andare, ma lui non sembrava porsi i suoi stessi problemi: la prese per mano e la trascinò verso un altro edificio. «Facciamo il nostro tour personale».

Il resto della giornata lo trascorsero esplorando il campus. Non avevano idea di dove stessero andando o di cosa stessero facendo, e fu *meraviglioso*. Nessuna pressione perché si comportasse in un certo modo o dicesse la cosa giusta. Poteva essere solo… se stessa. O meglio, la versione di se stessa che sembrava saltar fuori ogni volta che si trovava in presenza di Talon.

Ringraziò Dio che Talon si fosse unito a lei per quella visita: tremava all'idea che sarebbe potuta restare bloccata con Randy per tutto quel tempo. Lui non l'aveva mai accettata in quel modo. Keeley aveva sempre l'impressione che lui volesse che lei fosse qualcosa di più. Di più rispetto a cosa lei però non lo sapeva, ma tanto bastava per metterla a disagio. Sentiva di essere carente sotto qualche punto di vista. Talon invece… be', lui sembrava accettarla per quello che era.

Si stava facendo tardi. Talon e Keeley si stavano aggirando intorno a uno dei dormitori quando videro passare un gruppo di ragazzi chiassosi. Stavano distribuendo dei dépliant arancioni. All'inizio sembrava che lo facessero a caso, ma poi Keeley realizzò che selezionavano solo persone attraenti. «C'è una festa stasera, amico», disse a Talon uno di loro. Gli porse il volantino ignorando del tutto Keeley. «Ci sarà alcol a volontà. E le ragazze…», fischiò forte, «le migliori del campus!».

Talon restituì il volantino. «Sto bene così».

«Dài! Sarà una festa indimenticabile! Abbiamo anche le sculture di ghiaccio da cui bere». Ancora una volta, il ragazzo si rivolse direttamente a Talon, come se lei fosse trasparente.

Talon indicò Keeley per inserirla nella conversazione. «Siamo qui per il tour del campus, non ci verremo nemmeno, alla Barnett».

«Meglio ancora! Vi spiegherò come funziona, vi farò assaporare una vera esperienza da college».

«D'accordo, ma ci vado solo se ci vai anche tu», disse Talon a Keeley.

Quella considerazione le toccò il cuore: se ci fosse stato Randy, non l'avrebbe nemmeno consultata. Anzi, probabilmente non l'avrebbe nemmeno inclusa nella conversazione. «Non sono interessata», disse Keeley.

Talon sembrò sollevato. «Mi spiace, amico. Grazie comunque per l'invito». Posò una mano sulla schiena di Keeley e poi le sussurrò: «Andiamocene via». Seguirono uno dei corridoi, ma ben presto si resero conto di essersi persi. Finalmente qualcuno indicò loro l'uscita, ma, una volta fuori, si ritrovarono dalla parte opposta rispetto a quella da cui erano arrivati.

«Avevo dimenticato quanto fosse vicina la spiaggia», disse Keeley osservando dalla strada una lunga striscia di sabbia bianca e acqua blu. Diverse palme punteggiavano la zona, regalavano un po' di ombra. Non che ne avessero bisogno, dal momento che il sole era già tramontato. Nel cielo c'erano solo pennellate di arancione e rosa.

«Ho un'idea. Vieni con me». Percorsero una strada che correva parallela alla spiaggia. Si fermarono davanti al supermercato, poi Talon la fece entrare e le disse di non muoversi. «Torno subito».

Fu di ritorno diversi minuti dopo con tre grandi buste e un sorrisetto malizioso. Senza dirle nulla, sollevò il gomito e Keeley vi agganciò una mano, seguendolo. Si fidava ciecamente di lui e non c'era altro posto in cui desiderasse trovarsi.

Attraversarono la strada puntando verso la spiaggia e, una volta che furono lì, si tolsero le scarpe. Talon la guidò verso ciò che rimaneva di un piccolo falò, qualche pezzetto di legno utilizzato da qualcuno prima di loro. Estrasse fiammiferi, cracker e una barretta di cioccolata. Era tutto perfetto.

«Facciamo gli s'mores?», chiese Keeley.

Gli occhi blu di Talon brillarono al chiaro di luna. «Correzione: facciamo i peep s'mores».

«Non è la stessa cosa?».

Talon appoggiò il dorso della mano sulla fronte di Keeley. «Ti senti bene? Inizi a delirare».

Keeley sorrise. «Sei marshmallow-dipendente! Quante ore riesci a stare senza mangiartene uno? Tre? Quattro? Iniziano a tremarti le mani quando sei in astinenza?»

«Siediti, bambolina, e preparati alla meraviglia», le ordinò Talon, accendendo il fiammifero. Mentre i legnetti iniziavano a bruciare, assemblò cracker e cioccolata. «Accidenti!», esclamò dopo aver aperto un pacco di marshmallow. «Ho dimenticato di prendere qualcosa per arrostirli».

La sua delusione la colse di sorpresa: prima di quel

momento, non aveva capito quanto avesse desiderato trovarsi lì, ad arrostire i peep insieme a lui. Be', non si sarebbe fatta mettere i bastoni fra le ruote da una cosa tanto piccola. Avrebbe trovato qualcosa, anche se ci avesse dovuto impiegare tutta la notte.

«Aspetta qui». Keeley corse verso un albero dove ricordava di aver visto dei ramoscelli: ne trovò due, lunghi e sottili, perfetti per lo scopo.

«Sei la mia eroina», esclamò lui, e il cuore iniziò ad andarle a mille. Ma Talon riusciva a capire l'effetto che le faceva?

Le passò un marshmallow, ma non prima di essersi fatto promettere che non lo avrebbe bruciato. Li arrostirono e poi li spalmarono lentamente sui cracker con la cioccolata. I marshmallow diedero vita a una crema densa che fuse la cioccolata. All'improvviso Keeley aveva l'acquolina in bocca.

«Okay», disse Keeley dopo aver dato un morso, «devo ammettere che sono davvero buoni». Lo zucchero che ricopriva i marshmallow aveva creato una crosta caramellata, fornendo una consistenza un po' croccante al composto appiccicoso. Ne avrebbe mangiato un altro prima di dire basta. Osservò Talon estrarre dal ramoscello un marshmallow arrostito e infilarselo in bocca. Doveva essere bollente, poiché fece una smorfia e spalancò la bocca per raffreddarlo. Aveva un aspetto estremamente ridicolo in quella posa, con le labbra contratte e sporgenti e annaspando in cerca di ossigeno.

C'era una cosa che Keeley doveva sapere. «Come mai proprio questi marshmallow?»

«Cosa vuoi dire?»

«Fra tante cose che ti potevano piacere… come mai proprio i peep?»

«Perché sono deliziosi. Quale altro motivo ci deve essere?»

«No. Questa cosa va ben oltre il fatto che ti piacciano». La sua ossessione era innaturale. Keeley sapeva che lui non sarebbe stato diretto, quindi disse: «C'è qualcosa dietro. Forza!».

Talon si scostò da lei, il fuoco che creava ombre profonde sul suo volto. «Credo che sia perché mio nonno me li comprava sempre. Quando ero piccolo, io ero… be', io ero grasso e i bambini sanno essere perfidi. Un giorno, mio nonno mi trovò a piangere nel fienile. Mi vergognai da morire, pensai che mi avrebbe rimproverato dicendomi di smetterla di frignare come un moccioso, invece aprì un pacco di peep. Per tutto il tempo non disse una sola parola. Ce li mangiammo insieme e, quando li finimmo, mi diede una pacca sulla testa e mi disse che era orgoglioso di me».

«Sembra che voi due vi siate voluti davvero bene», mormorò Keeley, la quale sperava di aver detto la cosa giusta. Ricordava ancora quando era morto il padre di Nicky: le era sembrato di camminare in continuazione sui gusci d'uova.

«È vero. Passavamo molto tempo insieme, e nel weekend il nonno mi portava a giocare a *geocaching*». Di fronte all'espressione perplessa di Keeley, Talon spiegò: «È una specie di caccia al tesoro. Facevamo finta di essere pirati e passavamo tutto il giorno a esplorare posti diversi. Tutti i nostri parenti pensavano che fossimo pazzi, ma noi ci divertivamo. *Lui* era divertente».

«Giochi ancora a questo geocomesichiama?»

«Geocaching. No, ho smesso quando è morto il nonno. Credo che lo potrei fare qui, ma non sarebbe lo stesso, perché si trattava di una cosa tutta nostra».

Keeley si appoggiò con le ginocchia contro le sue. «Ma tu non eri davvero grasso, no?»

«Invece sì, te lo giuro! Ho iniziato a crescere solo a tredici anni, proprio quando mi sono trasferito qui. Avresti dovuto vedere quanto ero goffo».

«È per questo che non hai tue foto nel cellulare?»

«Nemmeno tu ne hai molte nel tuo», replicò Talon, aggirando la domanda.

«Non ce ne sono solo perché l'ho appena comprato. Ma ora la tua ossessione per questi cosi ha davvero senso. Sono un po' invidiosa, avrei voluto avere anch'io qualcosa a cui appassionarmi».

«Ma dài! Ci deve pur essere qualcosa».

«Non c'è, credimi. La prossima settimana dovrò scrivere un saggio per il college: dovrei parlare di me stessa, ma non ho nulla da dire».

«Forse il tuo saggio potrebbe essere così, una pagina vuota!», scherzò Talon.

«Dico davvero! Tutta questa storia del college mi sta facendo impazzire. La mia vita è sempre stata la stessa, ho sempre avuto gli stessi amici, ho sempre fatto le stesse cose, e ora è tutto…». Cercò di mimare un'esplosione con le mani. «Ho paura che tutto cambi, e poi cosa mi rimarrà? Niente». Zach e Nicky sarebbero cambiati e cresciuti e l'avrebbero abbandonata.

«Te lo dico io cosa ti rimarrà: te».

«E se non sono abbastanza?».

Talon massaggiò le spalle di Keeley, cercando di alleviarle il senso di tensione.

«Abbastanza per cosa?»

«Non lo so. Per la vita, la famiglia, gli amici. Tutto quanto».

«Tu basi tutto quanto su quello che pensano gli altri, ma tu... cosa pensi tu?».

Keeley si morse il labbro, poi piegandosi in avanti si appoggiò a lui con tutto il peso. Talon le accarezzò i capelli e posò la testa su quella di Keeley. «Bambola, da quello che ho visto, la persona che sei ora è davvero grandiosa». Le diede un bacio sulla fronte, poi un altro sulla tempia. Il respiro di Keeley si fece meno sicuro quando Talon raggiunse la sua guancia. Poi si avvicinò ancora di più, e lei rabbrividì, nonostante il calore che emanava dal corpo di lui. Perfettamente all'unisono, proprio come se avessero studiato ogni movimento, lui chinò la testa e lei la sollevò. Le loro labbra si toccarono.

Fu in quel momento che Keeley capì, riuscì a vedere i suoi sentimenti con estrema chiarezza. Aveva paura, si sentiva insicura, ma accettò ciò che aveva da dare e vi si abbandonò con trasporto. Talon si ritrasse, il respiro irregolare, proprio come il suo. Gli occhi di Keeley seguirono il contorno delle sue labbra: era stato un perfetto sconosciuto, ma ora era molto di più, e lei sentiva di conoscerlo meglio di chiunque altro.

«Era già da un po' che avevo voglia di farlo», le disse.

«Anch'io».

Talon la baciò di nuovo.

Capitolo 13
Voglio dimenticare

«Prossima fermata: Main Street. Main Street, prossima fermata!», annunciò una voce elettronica dall'altoparlante del treno.

«Casa, dolce casa!», esclamò Keeley, osservando Talon che dormiva ancora profondamente sul sedile accanto al suo. «Talon, svegliati», gli canticchiò all'orecchio. Era stranamente piena di energia, nonostante fosse rimasta ore a giocare ai videogame con altre ragazze del dormitorio. Se il college era questo, ci si sarebbe potuta abituare.

«Continua», biascicò lui.

«Talon», lo chiamò di nuovo, stavolta a voce più alta. Vedendo che non si muoveva ancora, gli diede un colpetto al fianco. «Nemmeno un morto dorme così!».

«Se fossi morto, mi lasceresti in pace?»

«Devi alzarti o perderemo la nostra fermata».

Talon si stiracchiò per bene proprio mentre il treno si fermava. Presero i loro bagagli dal comparto delle valigie e si fermarono davanti alla porta. «Vuoi un passaggio a casa?», chiese lui, cercando nello zaino le chiavi dell'auto.

«Mi viene a prendere mio fratello».

«Zach?», chiese Talon. Adesso sembrava perfettamente sveglio.

«Dovrebbe essere qui, gli ho scritto per dirgli a che ora sarebbe arrivato il treno».

All'improvviso Talon afferrò Keeley per le spalle con entrambe le mani, obbligandola a guardarlo negli occhi. «Keeley, io… io…». Talon balbettava passandosi una mano sul viso. «Dannazione! Okay, ascolta, io…». Le parole gli morirono in bocca e iniziò a sembrare sempre più a disagio.

«Che hai? Dài, non stai mica per incontrare i miei genitori».

«Keeley…».

Keeley si illuminò vedendo suo fratello: agitò la mano in aria cercando di catturare la sua attenzione. «Zach!», gridò.

Zach le fece un cenno con la testa e cominciò ad avanzare verso di loro.

«Keeley», disse Talon con insistenza, scuotendola per le spalle. «Ascoltami, devo dirti una cosa…».

«Ciao, Keels», la salutò Zach avvicinandosi.

Talon chiuse gli occhi per un breve istante, sul suo volto un insieme di paura e rassegnazione. «Talon, questo è mio fratello, Zach. Zach, ti presento…».

«JT», disse Zach terminando la sua frase. «Che diavolo ci fai con mia sorella?»

«JT?». A Keeley si gelò il sangue. Doveva essere un errore, Talon non poteva essere JT! Glielo avrebbe detto durante una delle loro conversazioni.

O no?

Nel suo cuore iniziò a farsi strada il veleno del dubbio.

«Bambola», le sussurrò Talon in un soffio, le parole udibili a stento.

«Che diamine sta succedendo, Keels?», domandò Zach.

Keeley ignorò suo fratello, tenendo lo sguardo fisso sul ragazzo che aveva davanti a sé. «Tu sei JT?».

Il volto di Talon si contorse in una smorfia. «Keeley...».

«Tu sei il quarterback della squadra della Crosswell?». L'espressione sul viso di Talon la diceva lunga. Si era fidata di lui, gli aveva confessato cose che non aveva mai detto nemmeno alla sua migliore amica.

«Keeley, aspetta! Lascia che ti spieghi». Talon cercò di afferrarle le mani, ma lei le ritrasse infilandole in tasca. «Ti ricordi quando ieri ti ho detto che avrei voluto aspettare la fine di questo viaggio per spiegarti tutto? Ecco, io...».

Lo sguardo di Zach saettò su di lei. «Sei stata alla Barnett con lui? Come hai potuto fare una cosa del genere?».

Keeley non apprezzò il suo tono critico. Lei non era una bimbetta che andava sgridata.

Talon si frappose tra i due fratelli. «Sparisci, Brewer. Si tratta solo di me e Keeley».

Zach stava per perdere le staffe. «Non c'è alcun te e Keeley».

«Non ne sarei così sicuro», replicò Talon.

Davvero Talon pensava di poter riprendere da dove avevano lasciato, nonostante le avesse mentito?

«E questo cosa significherebbe, Harrington?», ringhiò Zach.

«Esattamente quello che credi che significhi», replicò Talon con orgoglio.

Zach fece un passo avanti verso di lui. «Sarà meglio per te che tu non l'abbia sfiorata nemmeno con un dito!».

Ma perché entrambi si stavano comportando come se lei non fosse nemmeno presente?

Talon allargò le spalle, mettendo in mostra tutta la sua prestanza fisica. «Non ho fatto nulla che lei non volesse», lo schernì.

Non solo le aveva mentito sulla propria identità, ma ora stava anche mentendo sul loro rapporto, facendolo sembrare molto più di quello che era (in fin dei conti si erano solo baciati), ma anche, in qualche modo, molto meno di quello che era. Keeley perse il controllo. «Scusatemi!», li interruppe con una voce bassa e calma che tradiva la sua furia.

Talon impallidì quando si rese conto di quello che aveva lasciato intuire. «Non intendevo questo, scusami. Lo sai che non intendevo dire questo».

«Non so cosa intendessi dire, *JT*. E vuoi un consiglio? Comportarti da cazzone non te lo farà diventare più grosso». Ne aveva abbastanza. «Andiamo, Zach».

«Bambola, ascoltami».

Quel nomignolo. Le fece talmente male che dovette chiudere gli occhi.

«Non è come credi. Non ti stavo prendendo in giro. Era tutto vero, *è* tutto vero».

Keeley doveva andarsene prima di scoppiare a piangere.

«Allora te ne vai così?», gridò Talon quando Keeley iniziò ad allontanarsi. «Non mi eri sembrata una arrendevole».

«E tu non mi eri sembrato un bugiardo. Credo che nessuno di noi due conosca bene l'altro come pensava».

Salì in auto. Zach si sedette al posto di guida, le mani strette intorno al volante, sul volto un'espressione che era un insieme di rabbia e senso di tradimento. «Vuoi dirmi che cazzo è successo? Perché eri con lui? E come lo hai conosciuto?»

«Non mi va di parlarne adesso». Keeley desiderava solo andare a casa e dimenticare tutta quella storia, voleva dimenticarsi perfino di averlo conosciuto.

«Vi state frequentando?», insistette Zach.

«Piantala, Zach».

«Insomma, sì o no? Credo di avere il diritto di saperlo!». Zach non riusciva a vedere che lei era sul punto di scoppiare a piangere? «Non ci stiamo frequentando. Adesso potresti chiudere la bocca e limitarti a guidare?»

«Che c'è che non va?», chiese Zach incredulo.

«Cosa c'è che non va?», ripeté lei a bassa voce. «C'è che non va che non voglio parlare. C'è che non va che voglio solo andare a casa!». La sua voce si spezzò sull'ultima parola, sorprendendo entrambi.

Un silenzio imbarazzato calò su di loro mentre Zach cercava le chiavi dell'auto. «Uhm», borbottò, evitando di guardarla. «Non è che hai visto…».

«La chiave l'hai già inserita nel blocco», rispose lei con voce inespressiva.

Erano in auto e stavano andando a casa: tutto si svolgeva come al solito, eppure tutto sembrava diverso. Forse era lei a essere cambiata. Per tutto quel tempo si era comportata come se la ragazza che si scambiava sms con Talon fosse un'entità separata, ma forse quella ragazza faceva parte del suo vero io, una parte che lei non mostrava a molte persone. E sapete cosa? Quella ragazza le piaceva. Voleva essere quella ragazza ancora di più.

Averlo capito le fece pensare a Talon: forse lui stava facendo la stessa cosa, ma al contrario. Il ragazzo che aveva incontrato alla stazione, il ragazzo che era pronto alla lite e che aveva detto delle brutte cose... apparteneva al suo vero io, mentre quello che le aveva fatto conoscere per telefono e durante quel weekend era solo una finzione. Una bugia. Ma anche se si era trattato di una finzione, ci doveva pur essere del vero, no? Forse quella persona faceva ancora parte di lui. Solo che non lo rappresentava per intero. Ma se lei lo considerava un bugiardo, questo significava che anche lui la riteneva tale?

Quando arrivarono a casa, Keeley si diresse immediatamente nella sua stanza. Tucker cercò di seguirla, ma lei non lo fece entrare. Non era dell'umore adatto per stare con Tucker, né con suo fratello, né con i suoi genitori. Con nessuno.

Il cellulare squillò. Era la suoneria associata a *lui*. Ancora prima di realizzare quanto stava facendo,

Keeley attraversò la stanza per afferrare il telefono. Non riusciva a distogliere lo sguardo dallo schermo, il nome di Talon lo illuminava come una luce al neon.

Talon era JT.

JT era Talon.

Keeley premette il tasto rosso per rifiutare la chiamata, attivando la segreteria telefonica. Quel nome se lo era inventato? Perché non le aveva detto la verità?

Zach si affacciò nella stanza della sorella e le sorrise timidamente. «Avevi lasciato le tue cose nell'auto, te le ho portate io». Posò la valigia a terra e si diresse verso la porta.

«Non sono ancora pronta a parlarne», gli disse. Zach non si mosse, e lei cominciò ad arrabbiarsi. «Ma perché non mi lasci in pace? Non sono affari tuoi! Questo riguarda solo me e i miei sentimenti!».

«Keeley...».

Ma lei non lo voleva ascoltare. «Lasciami sola!».

«Volevo solo accertarmi che stessi bene».

«Non sto bene. Sto uno schifo, sono arrabbiata e confusa. Ecco. Sei contento?». Zach non si mosse, ma continuò a fissarla. «Che vuoi, Zach?».

Senza dire una parola, si avvicinò e l'attirò a sé. Quel gesto la fece crollare.

Keeley si abbandonò all'abbraccio del fratello e lasciò che le lacrime scendessero a rigarle il viso.

Capitolo 14
Non voglio starti a sentire

Erano passati tre giorni da quando Keeley aveva saputo la verità su Talon e le sembrava che il suo tradimento fosse doloroso e bruciante come nel momento stesso in cui era accaduto. Keeley aveva scoperto che seppellirsi sotto una montagna di compiti aiutava, tanto che aveva persino riservato una sala studio alla biblioteca locale. Buffo che fosse stato proprio il suo cuore spezzato a spingerla a impegnarsi di più. Non aveva un obiettivo preciso in mente, ma forse lo studio le avrebbe indicato la via da imboccare.

Era nella sala studio a prepararsi per il suo primo test di matematica, quando Talon fece la sua comparsa. «Che ci fai qui?», chiese Keeley.

Come cavolo faceva a sapere che era in biblioteca? L'aveva seguita? Quando si trattava di quel ragazzo, non poteva escludere nulla. Keeley non desiderava né vederlo, né tantomeno parlargli.

«Ho pensato che dovessimo parlare faccia a faccia».

«Non ho niente da dirti».

Lui si lasciò cadere sulla sedia di fronte alla sua. «Bene, perché non voglio che tu dica nulla, ma solamente che mi stia a sentire. Per favore, potresti darti una calmata ed evitare di aggredirmi in stile *Kill Bill*?», chiese, guardandole le mani.

Keeley stringeva la sua biro come se stesse per pugnalarlo con quella. «Esci».

«No».

«Non intendo fare questa cosa con te». Non aveva intenzione di stare a sentire una scusa dopo l'altra. «Mi hai mentito».

«Non è vero», replicò lui, perentorio.

«Ah no?». Si aspettava davvero che se la bevesse?

«Tecnicamente, ho omesso la verità. Il mio nome completo è James Talon Harrington IV. Un po' impronunciabile, no?». Le fece un sorriso imbarazzato con l'intento deliberato di incantarla.

«Allora come cavolo ti chiamo? James? Talon? JT?». Coniglio pasquale?

«Talon», rispose lui, fermo. «Mi chiami sempre così».

Sempre? «Sai che c'è? Non ho tempo, devo rimettermi a studiare».

«Allora studia», ribatté lui, per niente turbato.

Keeley lo fissò, e lui fece altrettanto.

«Non te ne vai?», gli chiese.

Talon si mise le mani dietro la testa e si stiracchiò. «Sto bene qui».

«Non puoi rimanere!».

«Non puoi sbattermi fuori dalla biblioteca. È suolo pubblico».

Keeley indicò il cartello sulla porta. «Questa stanza è per lo studio e tu non stai studiando, perciò devi andartene». Avrebbe coinvolto un adulto, se fosse stato necessario.

Talon prese da sotto le gambe uno zaino che prima lei non aveva visto. «Allora è un bene che io mi sia portato i libri».

«Talon», sospirò.

Lui le sorrise dall'altra parte del tavolo. «Hai detto il mio nome, lo considero un progresso».

Era perseverante, Keeley glielo concedeva. «Non riesco a parlare di questa cosa con te ora. Ho bisogno di tempo».

«Quanto?»

«Non lo so». Non poteva quantificare i suoi sentimenti.

Lui si alzò e andò alla porta. «Ti chiamo venerdì sera. Ne parleremo allora».

Fermi tutti. Venerdì sarebbe stato dopo due giorni. «Non ti sto dicendo di sì».

«Come possiamo superare la questione se non mi parli?»

«Ma parlare di cosa? Mi hai ferita. Fine. Che cosa pensavi che sarebbe successo?»

«Pensavo che ti avrei spiegato tutto e che tu mi avresti perdonato».

Credeva davvero che sarebbe stato così semplice? «Mi merito di più del fatto che tu riconosca per dieci secondi che i miei sentimenti contano qualcosa».

«Non ho mai affermato il contrario», scherzò lui. «Sembra che tu voglia farmi strisciare o qualcosa del genere!».

Non era questo che lei gli stava chiedendo, voleva solo un minimo di considerazione.
«Va bene. Preparati, perché mi metterò a strisciare allora», sbottò lui e si sbatté la porta alle spalle.

Mentre Keeley si stava preparando per andare a dormire, quella sera, il suo telefono segnalò l'arrivo di un messaggio: Talon le aveva mandato una foto. Strabuzzò gli occhi quando aprì il messaggio: c'era un marshmallow blu sopra un cuscino; accanto al dolcetto c'era un bigliettino con scarabocchiato sopra: "Sogni d'oro".
Il marshmallow le ricordò il falò sulla spiaggia. Quella sera si era aperta con lui, gli aveva confessato cose che non aveva mai rivelato nemmeno a se stessa. E quel bacio. Si toccò le labbra. Quel bacio era stato potente. Guardò di nuovo il messaggio. Per lo meno, si meritava una risposta.

È bello sapere che "strisciare" non mina la tua autostima.

Solo la mia reputazione… ma tu ne vali la pena.

Fare lo smielato non ti si addice.

Non hai ancora visto niente.
Posso arrivare a vette mai raggiunte prima.
Buonanotte, Keeley. Sognami. ;)

Diretta a scuola, il mattino seguente, ricevette un altro

messaggio di Talon. Si dovette sforzare di rimanere seria perché era con Zach, ma fu difficile. Nella foto c'era un peep blu vicino a un'enorme tazza di caffè. Il bigliettino diceva: "Sei finita nel mio caffè? No, perché sei il mio zuccherino". Keeley scese dalla macchina saltellando un po'.

Le fotografie continuarono ad arrivare per tutto il giorno, accompagnate da un marshmallow e da un bigliettino. Ricevette un peep vicino a una matita spezzata; sul biglietto Talon aveva scritto: "La vita senza di te è come una matita spezzata... inutile".

Durante il pranzo, ricevette una foto del marshmallow blu sul sedile del passeggero del suo pick-up. Il messaggio recitava: "Sei una multa per divieto di fermata? No, perché da quando ti ho conosciuta sono fermo sul tuo cuore".

La preferita di Keeley era l'immagine che aveva ricevuto alla quinta ora, quella con il bigliettino soltanto: "Scusa, mi è venuta fame". Vedendola, Keeley rise di gusto, guadagnandosi un secco rimprovero da parte dell'insegnante.

Senza dubbio, Talon stava minando la sua determinazione; quasi quasi era tentata di rispondergli.

Venerdì arrivò in fretta e le foto non si fermarono. Keeley lesse una frase sdolcinata dopo l'altra, accompagnata da un peep blu, finché non iniziò a domandarsi come facesse Talon a non esaurire la scorta di smancerie.

«Non ho mai visto un ragazzo così tenace», sussurrò Nicky quando la signora Miller girò la schiena.

«Nemmeno io», confessò Keeley.

Il suo telefono vibrò di nuovo. Con un occhio sempre sulla signora Miller, lo tolse dalla tasca e se lo mise sulle ginocchia. Nella foto c'erano un peep blu e uno rosa vicini sopra un libro di chimica. Talon aveva disegnato con un pennarello nero un cellulare e un punto di domanda accanto.

Prima che potesse analizzare a fondo il contenuto, scrisse:

Sono pronta a parlarti.

Ripose rapidamente il telefono proprio quando la signora Miller si bloccò davanti al suo banco. «Keeley? Fermati un momento dopo la lezione».

Mentre si avvicinava alla professoressa, si sentiva nervosa. Non avrebbe dovuto usare il telefono in classe. Lo sapeva.

«Keeley, vorrei parlarti del tuo saggio».

Il suo saggio? Si ricordò di quanto l'avesse scritto in fretta, proprio dopo che aveva scoperto di Talon. Un bel po' di emozioni si erano riversate sul foglio.

La signora Miller continuò: «Mi ha sorpresa il tuo argomento. L'ho trovato molto coraggioso. Non leggo molti saggi riguardo la paura del futuro».

«Posso rifarlo». Aveva scritto di ciò che conosceva; era stata un'idea stupida.

«No, mi piace. Era onesto e vero. Assegnandoti questo saggio, volevo proprio capire chi sei, e ci sono riuscita. Penso che tu debba lavorare un po' sul finale.

In che modo il college potrà alleviare la tua paura? Se riesci a collegare le due cose, penso che il tuo saggio sia solido».

Keeley era sollevata, ma anche confusa. Il college *come* poteva aiutarla?

Sentì una strana puzza mentre raggiungeva il suo armadietto. Arricciando il naso, inserì la combinazione e tirò. L'anta si aprì e un grosso borsone rotolò fuori. Un odore acre di sostanze chimiche la avvolse. Era così forte che i suoi occhi cominciarono a lacrimare. C'era qualcosa di familiare nel borsone, perciò lo spinse con il piede finché non se lo posizionò proprio davanti. Sul lato, cucite sul tessuto, c'erano le iniziali ZAB.

Zachary Andrew Brewer.

Non sembrava contenere una divisa da football o dei vestiti in generale. Quando aprì la zip del borsone, ci vide una piccola latta di vernice blu, un pennello e un rotolo di carta da imballaggi di plastica. Il pennello era infilato in una busta di plastica ed era ancora bagnato, quindi doveva essere stato usato da poco.

Keeley era pronta a scommettere che non si trattasse di un progetto d'arte, ma che quella roba fosse servita per uno scherzo.

Gavin si fermò di colpo accanto a lei. Quando vide la borsa tra le sue mani, fu preso dal panico.

«Che cos'è?», domandò lei. Quando aveva permesso a Gavin di usare il suo armadietto, pensava che ci avrebbe messo dei libri, non roba tipo vernice.

«E-ehm...». Gavin si impappinò, a disagio. «È... è un borsone?»

«Vedo che è di Zach. Che cosa ha fatto? E non mentirmi. So che non sono cose di scuola». Aveva la sensazione di conoscere già la risposta.

Gavin si inumidì le labbra nervosamente. «Non te lo posso dire».

«Avete fatto qualcosa alla Crosswell?»

«Non te lo posso dire», ripeté lui.

Keeley si morse il labbro per impedirsi di fare altre domande. Gavin stava solo facendo ciò che gli era stato ordinato e non osava sfidare gli altri giocatori. Se avesse voluto delle risposte, sarebbe dovuta andare dritta alla fonte. «Dov'è Zach?»

«Sta pranzando sulle tribune».

Consegnò la borsa a Gavin. «Fai sparire questa roba prima che le persone inizino a fare domande». Dopo aver sbattuto l'anta dell'armadietto, Keeley marciò sul campo di football fino alle tribune. «Ti devo parlare», disse, dopo aver attirato l'attenzione di Zach.

Lui mise via il suo panino e scese le tribune per raggiungerla. «Che c'è?»

«Qualcosa mi puzza e non sto parlando solo del mio armadietto. Ho visto la carta da imballaggio e la vernice blu. Hai fatto qualcosa a Talon, vero?».

Lui la guardò a lungo negli occhi. «Finalmente ti degni di parlarmi di lui e questo è tutto ciò che dici?».

Avvertì il senso di colpa che affiorava in superficie. Sapeva quanto fosse difficile per Zach non estorcerle informazioni e apprezzava il suo tatto, ma non voleva parlare con lui di Talon. Era da egoisti, ne era consapevole, ma Zach avrebbe solo complicato le cose. «È per questo che gli hai organizzato uno scherzo? Per quello che mi ha fatto?»

«Non so che cosa ti abbia fatto, perché tu non me lo dici. Tutto quello che so è ciò che ho sentito alla stazione del treno, e non mi è piaciuto granché».

Keeley sospirò. Non poteva fare altrimenti: doveva raccontargli tutta la storia. «È iniziato tutto quel giorno al luna park. Ci siamo scambiati i telefoni per caso e ce li siamo potuti restituire solo in seguito, perché lui era al ritiro di football. Abbiamo iniziato a scriverci, e così l'ho conosciuto». Gli fece un resoconto rapido del resto. «Non sapevo che fosse JT», disse Keeley, alla fine del racconto.

«Come facevi a non saperlo? L'hai visto alle mie partite di football».

«Con la divisa da football e il casco. Non l'ho mai visto in faccia». E non è che lei stesse prestando poi molta attenzione agli avversari. La sua attenzione era tutta su Zach, tanto che non si prendeva nemmeno la briga di guardare la partita se lui non era in campo.

«È meglio che non ti impegni con lui, Keeley».

Qualche volta la competitività di Zach lo accecava. «Solo perché siete rivali nel football non vuol dire che sia un cattivo ragazzo».

«Non lo conosci».

«Tu sì, invece?».

Il suo tono era aggressivo. «Keels, non sto scherzando».

«Posso gestire la cosa da sola. Dimmi, che cosa hai fatto a Talon?»

«Si chiama JT, non Talon. E poi che te ne frega?»

«Non penso che tu debba iniziare nessuna faida». Quando Zach cominciava qualcosa, la portava a termine sempre, anche se ciò significava finire nei guai.

Zach si passò una mano tra i capelli, esasperato. «Ma perché ti stai schierando dalla sua parte?»

«Non è così». Gli scherzi non avrebbero risolto nulla.

«Ti sta solo usando, Keeley».

«Zach, non voglio litigare con te», disse, con un tono di voce tranquillo, cercando di calmarlo.

«Allora smetti di essere così ingenua e apri gli occhi!», urlò Zach. Fine della conversazione. Senza degnarla di un'altra occhiata, tornò dai suoi amici.

Keeley era sconvolta da quel che le aveva detto. Suo fratello quanto pensava che fosse stupida?

Quel che è peggio, Nicky sembrava dargli ragione.

«Si sta comportando in modo totalmente ridicolo», le disse Keeley in macchina, durante il viaggio verso casa. «Pensa che io mi stia schierando dalla parte di qualcuno solo perché non voglio che faccia scherzi a Talon».

Nicky la osservò, tastando il suo umore. «Be', senza offesa, ma forse in effetti un po' di ragione ce l'ha. So che è stato dolce con i marshmallow, ma quel ragazzo ti ha mentito. Diamine, praticamente ti ha dato della ragazza facile e tu gliela stai facendo passare liscia».

«Non è vero», insisté Keeley. Si ricordava solo il modo in cui l'aveva tenuta tra le braccia.

«Odio dirtelo, ma hai mai preso in considerazione la

possibilità che stia parlando con te per farla pagare a Zach?»

«Sì, il pensiero mi ha attraversato la mente», ammise riluttante Keeley. Talon avrebbe potuto usarla solamente per ottenere informazioni su suo fratello. Zach si era sempre lamentato del fatto che JT avrebbe usato qualsiasi arma in suo possesso per vincere una partita; arrivava persino a sfruttare le debolezze e gli infortuni degli altri giocatori senza rimorso. Zach diceva che JT era un capitano spietato, privo di qualsiasi spirito sportivo e anche solo del minimo rispetto per il gioco.

La questione si riduceva tutta a una domanda: chi era davvero James Talon Harrington IV? Era JT, che non si sarebbe fermato di fronte a nulla pur di vincere? O era Talon, che non si sarebbe fermato davanti a nulla pur di riconquistarla?

Capitolo 15
Ottengo risposte

La domanda le frullò nella testa per il resto della giornata, anche mentre giocava a riporto con Tucker; raccolse il giocattolo bavoso e lo lanciò dall'altra parte del campo per la trentesima volta. A Keeley venne quasi un colpo quando il telefono vibrò nella tasca posteriore dei jeans. Talon.

«Ehi, bambola».

«Mi sono piaciute le foto, i marshmallow erano adorabili».

Lui rise. «I marshmallow riescono sempre a far ammorbidire le persone. Sei occupata ora?»

«Sono al parco con Tucker».

«Quale? Vengo da te».

Dieci minuti dopo, vide il pick-up fermarsi nel parcheggio, con la vernice nera scintillante come se fosse appena stato lavato.

La salutò con un sorriso sincero mentre Tucker, che non l'aveva mai conosciuto, scodinzolava a più non posso. Talon si piegò ad accarezzarlo. «Tu sei il tizio fortunato che può dormire nel suo letto». Raccolse la palla di Tucker e la lanciò nel campo.

«Dunque...». Era troppo nervosa per guardarlo, perciò rivolse l'attenzione al suo pick-up. «Mio fratello ha fatto qualcosa alla tua macchina?».

Lui si infilò le mani in tasca. «Mi sono svegliato stamattina e l'ho trovata avvolta nella carta da imballaggio e dipinta di blu».

Ecco a cosa serviva la carta da imballaggio allora. Keeley si chiese come Zach fosse riuscito a portare a termine la missione senza farsi scoprire; probabilmente si era fatto aiutare da Cort e Gavin. E se Talon pensava che lei avesse qualcosa a che vedere con lo scherzo? «Non gliel'ho detto io di farlo. Non sapevo nemmeno che ti avesse architettato qualcosa fino a questo pomeriggio».

«Lo so. Il fatto è che tra me e Zach… è più che…».

«Giusto. Il football». Come poteva essersi scordata la loro continua rivalità?

Talon spostava il peso da un piede all'altro, evidentemente a disagio.

Ci fu una lunga pausa di silenzio tra loro. Keeley cercò qualcosa da dire, ma invano. Alla fine, alzò lo sguardo su di lui, che la stava fissando.

«Odio che tu mi guardi così», le disse.

«Così come?»

«Come se fossi un estraneo».

«Non posso farne a meno. Non so nemmeno più chi sei».

«Sono sempre io. Chi se ne importa se le persone mi chiamano JT anziché Talon?»

«E allora perché non mi hai detto subito che eri JT?», chiese Keeley.

Talon strinse le labbra.

«Sì, proprio come pensavo».

«Non è così!».

Keeley distolse lo sguardo. Le aveva tenuto nascosta la propria identità di proposito.

«Ricordi la prima sera che abbiamo parlato? La sera in cui ci siamo scambiati i telefoni al luna park?»

Keeley annuì. «Abbastanza».

«Be', io ho stampato in testa ogni singolo minuto della nostra conversazione, ogni parola che mi hai detto. Sei stata impertinente e irritante da morire».

Quello se lo ricordava anche lei. Era stata tutta una finta, ma le piaceva pensare che stava cominciando a essere davvero quel tipo di ragazza.

Talon continuò. «Avrei dovuto trovarti insopportabile, ma non è stato così. Ricordo di aver pensato che eri diversa da tutte le altre ragazze. Mi piaceva. Mi piaceva battibeccare con te. Mi piaceva farti arrabbiare. Non facevi la carina solo perché ero una star del football. Perciò, quando mi hai chiesto il mio nome, ti ho risposto Talon, il che era vero… in un certo senso».

«Stai dicendo un mucchio di stronzate».

«Secondo la mia esperienza, le ragazze hanno tutta una serie di strane idee sul tipo che dovrei essere. Tu non puoi capire come ci si senta quando le ragazze si rendono conto che non corrispondi al loro ideale di giocatore di football. Mi sembra sempre di non essere all'altezza. Perciò, certo, sono andato nel panico. Una ragazza aveva attirato la mia attenzione e volevo continuare a parlarle, alle mie condizioni».

Keeley non disse nulla, perciò Talon proseguì.

«È poi così sbagliato?», le chiese, con la voce rotta dall'emozione. «Non posso scusarmi per non averti detto che ero JT. Non mi avresti parlato, se l'avessi saputo».

Probabilmente, era la non-scusa più dolce che Keeley avesse mai ricevuto.

«Posso scusarmi per quel che ho lasciato intendere a Zach». Fece una pausa e deglutì a fatica. «Mi dispiace, Keeley, per aver detto quelle cose. Non ho mai avuto intenzione di ferirti».

«E allora perché le hai dette?», sussurrò lei.

«Perché sono un idiota». La sua dichiarazione sfacciata fece arricciare gli angoli della bocca di Keeley. «Ma questo non mi dispiace». Le prese una mano, e la sua voce si ridusse a un sussurro quando disse: «Averti conosciuta non mi dispiace per niente, bambola».

Il cuore le batteva all'impazzata. «Lo sapevi che ero la sorella di Zach prima del Java Hut?»

«No», rispose lui.

«Mi stai usando per farla pagare a mio fratello?», gli chiese, dando voce alle sue paure più profonde.

Talon spalancò gli occhi. «Che?»

«Mi hai sentita», replicò tranquillamente Keeley, senza distogliere lo sguardo dai suoi occhi.

Keeley cercò di ignorare la piccola scarica di adrenalina che provò al tocco della sua mano. «So chi sei ormai da un po'. In tutto questo tempo, ti ho mai chiesto qualcosa su di lui?»

«No», ammise lei ed esaminò il suo viso in cerca di qualche segno di colpa, ma senza trovarne.

«Mi piaci, Keeley. Hai iniziato a piacermi da prima che scoprissi di Zach».

«Anche tu mi piaci». Quel che provava per lui non era mai svanito.

Talon le mise un braccio attorno alle spalle, attirandola a sé. «Se sei preoccupata per la reazione di Zach, possiamo tenere segreta la cosa».

Keeley si allontanò da lui. «Non sono sicura di essere pronta», gli disse.

Il suo telefono suonò e lui lo guardò. Un promemoria. «Meglio che rientri. Mio padre pensa che io sia fuori per delle commissioni». Le si mozzò il respiro quando Talon si abbassò e le scoccò un bacio veloce sulla punta del naso. «Che ne pensi di fare con calma? Permettimi di portarti fuori. Domani sera. Alle otto. Sei libera?».

Sì, lo era, ma faceva bene a uscire con lui? Si trattava solo di un appuntamento, dopotutto. «Alle otto. Domani sera».

Era già a metà strada, diretto verso la macchina, quando le gridò: «Oh, e... Keeley? Mettiti delle scarpe comode».

«Scarpe comode?». Keeley si domandò ad alta voce. Guardò Nicky, che era spaparanzata sul pavimento. Stavano facendo i compiti da quando Keeley era tornata dal parco. «Dove pensi che mi porterà?»

«In un posto in cui c'è parecchio da camminare».

«È strano però, no? Mi aspettavo di andare al cinema o a cena al ristorante».

«Per lo meno ti sta portando fuori per un vero appuntamento. I ragazzi oggigiorno vogliono solo uscire senza impegno».

Ora che Keeley ci pensava, non aveva mai avuto un appuntamento ufficiale con Randy. Avevano solamente iniziato a messaggiare e poi boom... stavano insieme.

Nicky si appoggiò su un gomito. «Pensi che uscire con lui sia una buona idea? Vista la situazione con Zach... potrebbe venire fuori un casino».

«Lo so». Ma non ne poteva più di permettere ai problemi di Zach di dettare legge sulla sua vita. Voleva fare le sue scelte, trovare la sua strada. Forse allora sarebbe potuta diventare la persona che aveva visto nascosta dentro di sé. «Ma voglio almeno provare a uscire con Talon. Vedere come va».

«Se ne sei sicura, fai pure». Nicky chiuse il libro di scatto. «Meglio che vada. Mia mamma mi aspetta tra venti minuti».

«Non puoi rimanere per cena? Mia mamma ha fatto le tue patate preferite».

«Mi piacerebbe da morire, ma le ho promesso che sarei stata a casa quando sarebbe tornata dal lavoro. Tienimene da parte un po', però».

Quando scesero di sotto, la mamma di Keeley uscì dalla cucina. «Stavo pensando che potremmo fare una serata di giochi domani. Sei libera, Nicky?».

Domani? Ma aveva il suo appuntamento.

sei anni? Voleva dare a tutti i suoi compagni di classe un dolcetto speciale, perciò ha distribuito delle caramelle che ha trovato nella tua borsa».

«Papà», gemette Keeley.

«Un dolcetto particolare, in effetti», rise sua mamma. «Immagina la mia sorpresa quando ho ricevuto una telefonata dalla maestra che mi chiedeva perché la mia cara figlioletta credeva che fosse una buona idea distribuire assorbenti interni a tutti».

«Potreste non raccontarlo mai a nessuno, per favore? Mai mai?», chiese Keeley.

Sua mamma si limitò a sorridere.

Quella notte, Keeley non riuscì proprio a addormentarsi. Dopo essersi alzata, scese di sotto con Tucker, svoltò l'angolo e si stupì di vedere la luce della cucina accesa.

«Zach?», gracchiò. Zach era seduto al tavolino nell'angolo della colazione. Davanti a lui c'erano una torta mezza mangiata e il suo telefono. «Che ci fai alzato?».

Mise giù la forchetta e spinse di lato il telefono con il gomito. «Potrei chiederti la stessa cosa».

«Non riuscivo a dormire». Dopo il loro litigio, non era sicura di come stessero le cose tra loro.

Zach spinse la torta in mezzo al tavolo. «Siediti».

Keeley prese una forchetta e si sedette di fronte a lui. Si spartirono la torta di mele, mangiandone una forchettata a turno, come facevano da piccoli.

«Che succede?», le chiese infine Zach.

Era l'occasione perfetta per parlargli di Talon, ma semplicemente lei non riuscì a confessare. «Sto pensando all'anno prossimo, non ho idea di che cosa voglio fare, o di che cosa dovrei fare». Era vero, ma non del tutto. «E tu? Perché sei sveglio?».

Se non lo avesse osservato con tanta attenzione, si sarebbe persa l'occhiata furtiva che Zach lanciò al proprio telefono. Lo afferrò prima che lui potesse fermarla.

«Ridammelo», le ordinò e cercò di strapparglielo dalle mani, ma lei fu troppo veloce.

Sul display c'era una fotografia di Zach insieme a una ragazza coi capelli neri; i due erano seduti su una panchina sulla spiaggia. Lui la teneva abbracciata in vita, mentre lei aveva le mani in grembo. Il corpo della ragazza era rivolto verso Zach, la sua spalla e la sua testa erano appoggiate al suo petto. Suo fratello, invece, aveva la testa piegata all'indietro e stava ridendo con la bocca aperta.

Keeley non aveva mai visto prima quella ragazza. «Chi è?»

«Non sono affari tuoi».

Zach aveva i capelli più corti nella foto e le guance leggermente più piene. Keeley si rese conto che doveva essere stata scattata un bel po' di tempo prima. Zoomò sulla mano della ragazza; al dito medio portava un anello della scuola, blu e argento. Sembrava identico a quello che in teoria Zach aveva perso al primo anno.

«Ti manca, eh?», gli chiese.

«Come ho già detto, non sono affari tuoi». Le tolse il telefono di mano. «Vado a letto».

Sapeva di avere dei segreti di cui Zach non era a conoscenza, ma non le era mai passato per l'anticamera del cervello che anche lui potesse averne. Che altro non le aveva detto?

Capitolo 16
Ho un appuntamento

Il campanello suonò. Keeley corse giù dalle scale prima che i suoi genitori potessero aprire la porta. Per fortuna, Zach era fuori con i suoi amici, così non doveva preoccuparsi di dargli delle spiegazioni. Le sue mani tremavano leggermente mentre si dava una sistemata ai capelli e si lisciava i vestiti. Ci aveva messo più di un'ora per decidere che cosa indossare. Alla fine si era decisa per un paio di jeans, il suo top viola preferito e delle scarpe da ginnastica bianche che le arrivavano alla caviglia. Si era persino arricciata i capelli e passata un po' di trucco.

Sarebbe andato tutto bene. Forse, se lo avesse ripetuto a sufficienza, sarebbe andata davvero così. Dopo aver dato un'ultima controllata ai vestiti, girò la maniglia e aprì la porta. Quando lo vide, la bocca le si seccò. Sotto la luce del portico, i suoi capelli biondi erano quasi dorati.

«Ehi, bambola. Sei stupenda». Entrò in casa e la abbracciò.

Si sentì in colpa per essersi ritratta in fretta, ma non voleva farsi trovare così con lui, perché dopotutto i suoi genitori erano nei paraggi. Fu allora che sentì dei passi. Troppo tardi.

«Tu devi essere JT», disse sua mamma, rivolgendogli un sorriso caloroso. Talon si raddrizzò. «È bello conoscerti finalmente. In tutti questi anni, non penso che abbiamo avuto occasione di presentarci. Di solito ti vediamo dall'altra parte del campo».

«Talon, mamma», la corresse Keeley.

«Va bene comunque, può chiamarmi sia JT che Talon, signora Brewer. So che tutti questi nomi creano confusione». Fece un sorriso alla mamma di Keeley, che sembrava incantata.

La signora Brewer chiuse la porta alle loro spalle, facendo irrigidire Keeley. E se iniziava a mostrargli foto di lei da piccola o a raccontargli storie imbarazzanti?

«Venite in soggiorno», suggerì sua mamma. «Hai fame? Ho appena fatto dei biscotti con burro d'arachidi e gocce di cioccolato. I preferiti di Keeley».

«Hanno un profumo delizioso», le disse Talon.

«Vuoi del latte insieme ai biscotti? Abbiamo anche del gelato. Alla vaniglia, al cioccolato…».

«Mamma, dobbiamo andare», la interruppe Keeley. Gli avrebbe offerto il frigo intero se non se ne fossero andati in fretta. Condusse velocemente Talon fuori di casa, verso il vialetto.

«È carina», commentò Talon.

«Vero, ma ti avrebbe rimpinzato di cibo finché non saresti più stato in grado di muoverti». Salì sul suo pick-up. «Allora, dove andiamo?». La curiosità la stava uccidendo.

«Ti ricordi che ti ho detto che andavo a fare *geoca-*

ching con i miei nonni? Be', stiamo andando a farlo al parco nazionale».

«Ma pensavo che avessi detto che non lo facevi più». Non ci era più andato da quando suo nonno era morto quattro anni prima.

«Vero». Le fece un sorriso. «Mi sa che mi serviva il compagno d'avventure giusto».

A Keeley esplosero le farfalle nello stomaco. Il *geocaching* era speciale per lui, eppure ci stava portando lei a farlo. Le riusciva difficile capacitarsene. «Come funziona?»

«Come una caccia al tesoro all'aperto. Usi un GPS per trovare delle coordinate specifiche. In ogni luogo in cui arrivi, c'è un contenitore. Se lo trovi, puoi tenere quel che c'è dentro».

«Ma come facciamo a trovare qualcosa al buio?».

Le spiegò che avrebbero usato delle torce per scovare dei piccoli indicatori. Ciascun indicatore puntava in direzione di quello successivo. Tutto quel che dovevano fare era seguire il sentiero, così avrebbero trovato il contenitore.

Quando arrivarono al parco, a stento riusciva a vedere il contorno indistinto di alberi e cespugli. Keeley era già stata lì una volta, durante una gita scolastica, perciò ricordava che la zona era molto boscosa e attraversata da sentieri da trekking e ruscelli. Talon si allungò sul sedile posteriore per prendere delle torce, e gliene porse una.

«Rendiamo la cosa un po' più interessante», le disse mentre si avviavano verso un'ampia area boschiva.

«Giochiamo a obbligo o verità. La prima persona che vede un indicatore, può chiedere all'altro di fare o dire qualcosa».

Di certo era un tipo pieno di sorprese. «Okay. C'è qualche limite?»

«No. Se muori dalla voglia di vedere che cosa c'è sotto la mia camicia, è la tua occasione», la prese in giro.

«Hai intenzione di perdere?», lo provocò lei.

«Ho imparato a non sottovalutarti».

Gli diede un colpetto sul braccio. «Ragazzo sveglio».

Passarono diversi minuti prima che Keeley individuasse un piccolo indicatore arancione. Era attaccato a un vecchio albero nodoso che sembrava essere sopravvissuto a qualche tempesta. L'indicatore puntava a destra, parallelamente a un piccolo ruscello.

Gli scoccò un sorriso. «Obbligo o verità?»

«Verità», rispose lui, sorprendendola. Lo faceva più tipo da "obbligo".

«Mi spieghi la storia dei nomi?». La domanda la tormentava da un po'.

«Nella mia famiglia ci sono quattro James Talon. Si fa confusione, perciò abbiamo dei soprannomi. Il mio bisnonno era James, mio nonno si faceva chiamare Junior, mentre mio padre è Jimmy. La prima volta che il nonno mi ha tenuto in braccio, mi ha chiamato Talon. E quel nome mi è rimasto».

«E allora perché ti chiamano tutti JT?»

«La morte del nonno per me è stato un brutto colpo. Odiavo tutto ciò che me lo ricordava, perciò, quando ci siamo trasferiti qui, ho deciso di scegliermi un nuovo nome». Tolse un ramo dal sentiero e lasciò che Keeley lo precedesse. «Immaginavo che sarebbe stato un nuovo inizio. Però mi piace che tu mi chiami Talon, mi sembra... adatto». Il suo sguardo incrociò quello di Keeley e l'impatto fu lo stesso di un calcio in pieno petto.

Era felice che lui volesse essere chiamato Talon da lei, ma si chiedeva se i nomi non fossero un modo per differenziare il vero se stesso dall'immagine che dava di sé sul campo da football. In molti modi, lei e Talon erano l'uno lo specchio dell'altra. Avevano entrambi due personalità, ma lei stava cercando di mostrarsi per chi era davvero. Talon stava facendo lo stesso? O no?

Proseguirono seguendo il ruscello; il sentiero era costeggiato da enormi sequoie, così alte che incombevano su Keeley e Talon, impedendo alla luce della luna di filtrare. Sembrava che fossero in un mondo segreto tutto loro.

Talon puntò la torcia contro un grosso cespuglio ricoperto di fiori bianchi: un indicatore arancione si annidava tra le radici. Seguirono la freccia e si diressero a nord, verso le colline rocciose. Keeley notò dei grossi massi e delle rocce che in diversi punti erano impilate l'una sull'altra in modo precario. «Ma sei certo che sia sicuro?».

Lui le mise un braccio sopra le spalle e la attirò a sé. «Ti proteggo io», le promise con un sorriso malizioso.

«È questo il tuo piano? Farmi spaventare per spingermi a fare quello che vuoi?», gli chiese, sospettosa, allacciando comunque un braccio attorno alla sua vita.

«Sta funzionando, vero?», replicò lui, compiaciuto, aumentando la stretta. «E dal momento che ho trovato io l'indicatore, è il mio turno. Obbligo o verità, Keeley?»

«Verità», non era abbastanza coraggiosa per un obbligo.

«Come mai via telefono sei così diversa? Se penso alla prima volta che ti ho parlato, non sembri nemmeno la stessa persona».

Keeley non glielo voleva dire. E se non l'avesse più voluta dopo averlo saputo? Si staccò da lui. «Io... ehm, suppongo che sia perché mi sento più a mio agio quando messaggio». Affrettò il passo e lo precedette, in modo che non potesse vedere la sua reazione.

«Quindi sei così con tutti?». Sembrava deluso.

«Con te è diverso. Ancora non ci credo se ripenso ad alcune cose che ti ho detto. Solo che... non lo so. All'inizio, eri così arrogante e mi facevi arrabbiare così tanto che non mi importava cosa pensassi. Dicevo solo quello che mi passava per la testa».

«Mi sa che mi sono comportato un po' da stronzo». Corse per raggiungerla, poi la attirò a sé di nuovo e si abbassò per darle un bacio sulla tempia. La sua bocca era così vicina che poteva sentire chiaramente il profumo di zucchero e marshmallow del suo alito. Se avesse alzato un po' la testa, si sarebbero baciati. Si inumidì un po' le labbra e lentamente...

«Guarda! C'è un altro indicatore». Talon lasciò ricadere il braccio e corse verso la formazione rocciosa che si ergeva davanti a loro. «Forza», le gridò, facendole segno di sbrigarsi.

Sembrava più eccitato all'idea di aver trovato la *cache* che all'idea di baciarla. Si arrampicarono su un'altra collina che si apriva su una radura punteggiata da fiori illuminati dalla luna. Continuarono finché Talon non scorse il quarto indicatore alla loro destra. Si trovava all'entrata di una gigantesca grotta.

«Oh, no», protestò lei, quando si rese conto di dove puntava la freccia. «Là dentro non ci vengo. Né ora, né mai. Ci potrebbe essere un puma in quella cosa».

«Non ci sono puma in quest'area», replicò lui, cercando di ammorbidirla.

«Che tu sappia!». Osservò la caverna buia in preda all'ansia. Che altro ci viveva nelle grotte? Orsi? Giaguari?

«Dài, ti sfido».

«Non mi sfidare, devo ancora decidere se scegliere obbligo o verità».

«Devo farti arrabbiare di nuovo?».

No. Era uscita con lui in parte perché sentiva il bisogno di decidere per sé. Doveva fare questa cosa da sola, senza l'aiuto di nessuno. Chiudendo gli occhi, evocò il modo in cui si sentiva mentre mandava messaggi a Talon: forte, potente. Non analizzava tutto mille volte, né si preoccupava come faceva nella vita reale. Agiva e basta. E poteva fare lo stesso lì. Se fosse riuscita a dimostrare a se stessa che poteva essere la versione coraggiosa di sé, forse avrebbe capito anche che cosa fare dopo l'ultimo anno di superiori.

Raddrizzando le spalle, aprì gli occhi e andò dritta all'imboccatura della caverna. Mentre entravano, Talon la prese per mano.

Perlustrò la caverna con la torcia. Un lampo arancione vicino al suolo catturò la sua attenzione. «Talon, penso di averlo trovato».

Si dimenticò del tutto della paura della caverna, concentrandosi sulla freccia, al di sotto della quale si trovavano cinque o sei rocce impilate. Le spostò una alla volta, finché non trovò una scatola marrone.

Keeley sollevò il coperchio e all'interno trovò un ciondolo d'argento a forma di cellulare.

«Così ti puoi ricordare di come ci siamo conosciuti».

A corto di parole, alzò lo sguardo su di lui. Doveva aver scarpinato fin quassù, alla caverna, prima dell'appuntamento. Aveva fatto una cosa incredibilmente dolce e romantica. Quanto doveva ritenersi fortunata per il fatto che una persona del genere si interessava a lei?

«Sai, hai saltato ben due obbligo o verità», commentò Talon. Keeley si sentì avvolgere dall'odore del bosco e dello zucchero. «Obbligo o verità?», la sfidò, mentre le fissava le labbra. Ogni cellula del suo corpo si risvegliò quando si rese conto di che cosa lui le stesse chiedendo in realtà. Di fronte al suo silenzio, lui si piegò in avanti e strofinò il naso sul suo collo. «Obbligo o verità».

Il battito del suo cuore accelerò mentre lui lentamente risaliva il collo, sfiorandole la pelle con il naso. Inconsciamente, Keeley piegò la testa di lato per facilitargli il compito. Un brivido le corse lungo la schiena mentre la baciava delicatamente sotto la mascella. Le sue labbra erano così calde e morbide. Chiuse gli occhi mentre lui la baciava di nuovo, perdendosi nella sensazione della sua bocca contro la pelle.

Aprì gli occhi sbattendo le palpebre quando lui si allontanò leggermente. «Keeley?», la chiamò, in attesa della sua risposta alla domanda implicita che aleggiava tra loro.

La mano di Keeley risalì il suo petto e si allacciò attorno al suo collo. Poteva sentire il battito di Talon che accelerava al suo tocco: la voleva tanto quanto lei voleva lui. Avvicinando la bocca di Talon alla sua, sussurrò: «Obbligo».

Un secondo dopo, le loro labbra si scontrarono. Fu un bacio appassionato, esigente, che non aveva niente di dolce o gentile. Keeley ansimò quando lui la afferrò per la vita attirandola più vicino a sé. Si sciolse all'istante sul suo petto, godendo della sensazione del suo corpo scolpito premuto contro il proprio.

Un'onda di piacere la attraversò quando lui pronunciò il suo nome, e all'improvviso le sembrò di non poterne mai avere abbastanza di lui. Voleva di più. Senza pensarci, gli infilò le dita tra i capelli e tirò, costringendo la sua testa a piegarsi e la sua bocca ad aprirsi. Un gemito roco si riverberò nell'aria quando la sua lingua toccò quella di Talon. Era questo ciò che desiderava.

Mentre le loro lingue danzavano a un ritmo tutto loro, Keeley perse il senso del tempo e del decoro. Stava annegando e non aveva alcuna intenzione di risalire in superficie. In quel momento, esistevano solo loro due: Talon e Keeley.

Ed era tutto perfetto.

Capitolo 17
Faccio un errore

Keeley si trovava in una sala studio della biblioteca insieme a Talon. Si recava lì sempre più spesso ormai. La aiutava a concentrarsi, dal momento che non c'erano né internet, né la TV a distrarla. Quasi tutti i giorni, Talon studiava con lei, subito dopo l'allenamento di football. E segretamente, Keeley continuava a proporgli la biblioteca perché sapeva che Zach non ci sarebbe mai andato.

Il suo telefono vibrò: Nicky. Davvero era già ora? Si era fatto così tardi.

Allora ceniamo insieme al Factory?

Decisamente.

Ottimo, ne ho bisogno.

Che c'è che non va?

Te lo dico a cena. A dopo.

«Talon, puoi darmi un passaggio al Factory? Devo vedermi con Nicky per cena».

«Nessun problema. Potrò conoscere la famigerata migliore amica?»

«Non ci credo che non vi siete ancora conosciuti». Le loro strade non si erano praticamente mai incrociate, perché Talon e Nicky esistevano in due mondi paralleli: Nicky a scuola, Talon in biblioteca. Ma Keeley voleva che si incontrassero. Il Factory si trovava nella città accanto ed era improbabile che si sarebbero imbattuti in qualche conoscente. Tra l'altro, odiava separarsi da Talon, anche se solo per poco. «Dovresti venire anche tu».

Lui si sfregò la mascella. «Sei sicura?»

«Assolutamente, voglio presentarvi».

«Bene, perché sto morendo di fame». Le prese la mano e gliela baciò.

Raggiunsero il pick-up, e lei salì a bordo. Guardò il sedile posteriore e ci vide pile e pile di marshmallow blu. Sembrava che la fabbrica fosse esplosa nella sua macchina. Keeley era abbastanza certa che in gran segreto lui fosse davvero il coniglio pasquale.

A metà strada, Talon iniziò a muoversi a disagio. Batté i pollici contro il volante e disse: «Ecco, ho una domanda da farti».

«Hai bisogno di un marshmallow, vero? Riconosco i segni: comportamento nervoso, mani che si torcono». Lui non accennò nemmeno un sorriso.

Le lanciò un'altra rapida occhiata prima di chiederle: «Che hai intenzione di fare venerdì?».

Keeley corrugò la fronte. «Ehm… venerdì?».

Lui espirò profondamente, facendo una risatina. «Dovrei sentirmi insultato perché non te lo ricordi, ma non è così». Strinse le labbra. «La super partita tra la Edgewood e la Crosswell. Ci vai, giusto?».

Il buon umore di Keeley svanì, lasciando il posto alla paura.

«Hai già detto di noi a Zach?», le chiese.

«Talon...», si interruppe, sentendosi a disagio.

«Odio fare le cose di nascosto. Voglio sentirmi libero di uscire con te senza dovermi preoccupare che Zach sia presente».

Era quello che voleva anche Keeley, solo che... «È complicato».

Zach era così concentrato sull'obiettivo di vincere questa partita che lei non voleva fare niente che gli impedisse di realizzare tutto ciò che sognava. «Glielo dico dopo la partita, okay?».

Con il viso più disteso, Talon le strinse la mano. «So che la nostra storia può sopravvivere a tutto».

Avrebbe dovuto sentirsi rassicurata, ma l'accenno di paura che lesse nei suoi occhi la fece preoccupare. Non era così sicuro della loro relazione come appariva?

Arrivarono al ristorante, ma Nicky ancora non c'era, perciò si sedettero a un tavolo vicino alla porta. Talon scivolò sulla sedia accanto a quella di Keeley, lasciando a Nicky la sedia di fronte. Dopo altri dieci minuti, le mandò un messaggio, ma senza ottenere risposta.

Quando ne passarono altri dieci, Talon suggerì: «Ordiniamo, così il cibo sarà pronto per quando arriva».

Keeley acconsentì, aprì un menu e lo fece scivolare tra loro, in modo che entrambi potessero guardarlo. Voleva ordinare quel che lei e Nicky prendevano di solito: un piatto di stuzzichini e della pasta, ma Talon insistette per provare qualcosa di diverso.

«Vivi un po'», la canzonò quando la cameriera si fu allontanata.

«Non ordiniamo mai i frutti di mare», lo informò, prendendo un tovagliolo e sistemandoselo sulle ginocchia.

«È una follia. Siamo attaccati all'oceano. Che mi dici della salsa piccante? Ti prego, dimmi che ti piace».

«Piace sia a me che a Nicky. Più è piccante, meglio è».

Talon la attirò a sé per baciarla. «Per un secondo mi hai fatto preoccupare. Prima non pensi che i peep siano la migliore invenzione di sempre, e ora questo? Avrebbe potuto segnare la nostra fine».

«Credo che le tue priorità siano sballate». Lo osservò mentre si appoggiava contro lo schienale e si metteva comodo sulla sedia. «Occupi un sacco di spazio, lo sai? Hai fatto la stessa cosa quando ci siamo incontrati al Java Hut per la prima volta».

«All'epoca stavo cercando di farti arrabbiare».

«E ora?»

«Ora mi rendo conto che farti parlare è un errore», scherzò lui.

«Ehi!». Iniziò a fargli il solletico, cercando il punto in cui lo soffriva di più.

«Scherzo! Sto scherzando!», ululò lui, divincolandosi.

Fu allora che finalmente Nicky fece la sua comparsa. «Mi dispiace! Mi sono fermata a fare benzina e poi il telefono è morto… Oh». Il sorriso di Nicky svanì, e le sue labbra si chiusero in una linea sottile. «Non sapevo che l'avresti portato».

«Spero che non sia un problema», disse Keeley, allontanandosi da lui. «Solo che volevo che finalmente vi conosceste. Talon, questa è la mia migliore amica, Nicky. Nicky, questo è…».

Nicky la interruppe. «So chi è lui».

Keeley si accigliò. «Va tutto bene?». Poi ricordò il messaggio di Nicky in cui le diceva che dovevano parlare. Era stata così elettrizzata all'idea di farli incontrare che se n'era completamente dimenticata.

«Alla grande». Nicky si sedette di fronte a Keeley, con gli occhi incollati al telefono. Mentre scriveva un messaggio, disse: «Dove sono i menu? Sto morendo di fame, non mangio niente da colazione».

Keeley lanciò un'occhiata a Talon, che inarcò un sopracciglio, e poi tornò a guardare Nicky. «Abbiamo già ordinato. Il cibo dovrebbe arrivare a momenti».

Nicky fece un suono indistinto e continuò a scrivere.

Keeley non sapeva bene che cosa fare o dire. Nicky aveva ragione a essere infastidita. Avrebbe dovuto chiederle prima se poteva portare anche Talon. Ma il suo comportamento era proprio da maleducati. «Allora, ehm, pensavo che il tuo telefono fosse morto».

«Era così. Ringrazio Dio per i caricabatterie portatili».

«Hai usato quello che ti ho regalato l'anno scorso a Natale?»

«Sì», disse secca Nicky.

Seguì un silenzio imbarazzante. Talon si schiarì la gola e allungò un braccio sullo schienale della sedia di Keeley, che piegò la testa cercando di incrociare lo sguardo di Nicky. Lei, però, non alzava gli occhi dal telefono. Non poteva proprio cercare di essere carina?

Talon le strinse la spalla. Almeno qualcuno dava segni di ricordarsi di lei. Per tutta risposta, Keeley gli fece un sorriso triste. Con gli occhi che lampeggiavano, la tirò al suo fianco e le diede un bacio sulla tempia. Keeley inspirò profondamente, traendo conforto da lui.

La cameriera sistemò diversi piatti al centro del tavolo. Keeley ne spinse uno verso Nicky, perché sapeva quanto poteva diventare irascibile se era affamata. «Serviti pure».

Nicky finalmente mise giù il telefono, ma la sua voce era tesa quando disse: «Non è quello che prendiamo di solito».

«È stato Talon a proporre qualche cambiamento». Gli strinse una gamba sotto il tavolo. «È piccante, lo adorerai».

«Ma prendiamo sempre la stessa cosa, è una tradizione», insisté Nicky, ferita.

Keeley cercò di calmarla. «Possiamo prendere il solito la prossima volta. Prova questo». Mise alcuni gamberi fritti nel piatto di Nicky, poi altri nel piatto di Talon e infine nel proprio.

«Sono davvero buoni, uno dei miei piatti preferiti», aggiunse Talon. Prese una piccola scodella di salsa piccante e la appoggiò di fronte a Nicky. «Devi provarli con questa, senza non vale la pena mangiarli».

«Grazie, ma mi scelgo i condimenti da sola». Nicky spinse via la scodella. Incrociò le braccia, le appoggiò sul tavolo e i suoi occhi si ridussero a fessure. «Allora, Talon. A quanto pare esci con la mia migliore amica».

Il tono polemico di Nicky spinse Talon a imitarne l'atteggiamento. Tolse il braccio dalla sedia di Keeley e copiò la posa di Nicky. «È un problema?»

«Non lo so. Hai intenzione di restare nei paraggi?»

«Esattamente». La sua sembrava più una minaccia che una promessa.

«Ah sì?». Gli occhi di Nicky si incupirono, spinse indietro la sedia e si alzò. «Vado in bagno», mormorò, allontanandosi a grandi passi.

Talon strinse le labbra. «Be', è stato divertente».

Keeley si sfregò la fronte. L'idea che potessero non andare d'accordo non l'aveva mai neppure sfiorata. «Meglio che vada a parlarle».

«Vuoi che me ne vada?».

No, non voleva, ma doveva parlare con Nicky. «Ti scoccia?».

La sua espressione diceva che sì, gli scocciava, ma se ne sarebbe andato comunque. «Ti darà lei un passaggio a casa?»

«Sì».

Talon non sembrava convinto. «Scrivimi se hai bisogno di me. Ti vengo a prendere se serve».

Allacciandogli le braccia attorno al collo, lo abbracciò a lungo. «Ho già accennato al fatto che sei il migliore?»

«Mi rendi il compito facile». Le baciò la fronte. «Mi chiami dopo? Puoi tessere le mie lodi dicendomi quanto sono fantastico».

Ridendo, lo allontanò con una spinta. «Vai. Ti chiamo».

Prima di entrare in bagno aspettò finché non fu uscito dalla porta. Nicky era piegata sul mobile da toeletta, con la testa bassa. «Ehi», disse Keeley, incerta.

Ci fu una lunga pausa prima che Nicky alzasse la testa. «Ehi».

«Mi dispiace, non avrei dovuto invitarlo».

«Questa sera in teoria avremmo dovuto stare da sole», le ricordò Nicky, freddamente. «Proprio come sempre».

«Lo so, volevo soltanto che vi incontraste, e questa mi sembrava l'occasione perfetta». Nicky non poteva darle un po' di tregua? Aveva capito di aver commesso un errore, ma loro due potevano pur sempre vedersi un'altra volta. «Talon è davvero grandioso. Mi sta anche aiutando ad affrontare la situazione che si è creata con Zach. So che anche tu non eri convinta di lui ed è per questo che volevo presentarvi, così potevi vedere quel che vedo io».

«Sei sempre impegnata ora», confessò Nicky. «È da quando l'hai conosciuto che mi metti da parte».

«Non è vero». Non faceva che scrivere a Nicky.

«Non passiamo insieme neanche la metà del tempo che passavamo prima. Quando ti chiamo per uscire, sei con lui o stai per vedere lui. Mi sembra che tu non abbia più tempo per me».

Di fronte all'accusa, Keeley si mise sulla difensiva. E si arrabbiò anche un po'.

«Ora sai come mi sentivo io! Per tutta l'estate non hai mai avuto tempo per me perché seguivi i corsi del college. Ti scrivevo in continuazione e tu rispondevi solo alla metà dei miei messaggi». E lei non si era mai lamentata, no? Era contenta per la sua amica.

«Ero a lezione!», sbottò Nicky. «Che cosa ti aspettavi che facessi?»

«Non eri sempre a lezione. Uscivi e facevi delle cose con il tuo gruppo di studio».

«Non ti potevo mica invitare in quel caso. Non facevi parte del gruppo».

«Siete andati insieme al centro commerciale! Nemmeno quella volta potevi invitarmi?»

«È stata una cosa dell'ultimo momento, Keeley. Questo è diverso. Avevamo dei programmi e tu ti sei portata dietro il tuo ragazzo».

«Volevo che lo conoscessi! È così sbagliato?»

«Sì! No. Non lo so». Nicky fece un respiro profondo e poi espirò. «Solo che... volevo davvero parlare con te stasera. Da sola».

Anche Keeley sospirò. «Suppongo di essermi lasciata trasportare così tanto da Talon che non mi sono resa conto di quanto ti stessi ignorando».

Quella frase bastò perché Nicky riconoscesse i propri errori. «Suppongo che lo stesso si potrebbe dire di me quest'estate. C'era così tanto da fare a lezione e, quando quei ragazzi del college volevano uscire con me, mi sentivo così speciale. Non volevo coinvolgerti. Ma una volta finite le lezioni, si sono praticamente dimenticati di me. A quel punto, però, tu te ne stavi sempre con Talon e io... io...».

«Tu cosa?»

«Avevo bisogno della mia amica».

Qualsiasi altra emozione svanì, rimpiazzata dalla preoccupazione. «Che c'è che non va?»

«Tutto il mio impegno a scuola potrebbe non servire a niente», disse Nicky. «Mia mamma dice che siamo a corto di denaro in questo momento. In pratica, possiamo permetterci il college solo se ottengo una borsa di studio che copra tutte le spese».

«Oh, Nicky...». Sapeva quanto il college significasse per lei.

«Lo so, questa situazione fa davvero schifo. Mi sono fatta il culo per niente».

«Non è vero. Con i tuoi voti la puoi ottenere una borsa di studio che sostenga tutte le spese».

«Ma probabilmente non per le scuole che voglio».

Keeley sapeva che Nicky aveva già organizzato tutto: un bel programma di preparazione alla scuola di medicina e poi dritto alla scuola di medicina vera e propria. Il suo piano sarebbe crollato se non avesse messo delle buone fondamenta e, forse, quello era persino peggio di non avere affatto un piano. «Senti, perché non torniamo al tavolo, così ti puoi sfogare quanto ti pare? Possiamo ordinare il solito».

«E Talon?»

«Voleva concederci un po' di tempo da sole, perciò se n'è andato».

Nicky era scettica. «Se n'è andato e basta?»

«Sì. So che non ti piace, ma non puoi provare ad andarci d'accordo? Sei la mia migliore amica, la mia altra metà. Per me è importante. Per favore?».

Nicky fece un verso contrariato. «Soprattutto perché nemmeno il tuo gemello vero e proprio va d'accordo con lui».

Keeley fece una smorfia. C'era un sacco di ostacoli, ma potevano superarli. Lei era fiduciosa. «Mi metto in ginocchio e ti imploro, se serve».

Nicky prese a braccetto l'amica, la strinse forte e la guidò fino alla porta. «Non c'è bisogno che implori, piuttosto offrimi un cupcake».

«Certo, cupcake in arrivo».

«È stato uno stronzo, quindi sarà meglio che me ne offri due».

Keeley diede una spallata amichevole a Nicky in segno di ringraziamento.

Capitolo 18
Mi innervosisco

Keeley si asciugò il sudore dalla fronte, poi fece un altro lungo sorso d'acqua. Girovagare per il parco nazionale era molto più facile di notte, quando il sole non batteva. Girò di scatto la testa quando Talon sbatté il telefono sul tavolo da picnic. Abbassò la bottiglietta d'acqua e gli chiese: «Tutto okay?». Stava inviando messaggi sin da quando erano scesi dalla montagna, dopo aver trovato una *cache* nascosta vicino a uno dei laghi.

«È ancora mio padre. Durante il campionato di football si trasforma in un pazzo. Non lo sopporto». Talon non parlava spesso di suo padre e Keeley aveva la sensazione che litigassero molto. «Quando non ci sono le partite, non gliene frega assolutamente nulla di che cosa faccio, ma appena parte il campionato, inizia a comandarmi a bacchetta».

«Perché gli importa così tanto del football?»

«Non lo so, credo che sia una cosa di status. Dal momento che è cresciuto in una fattoria, da ragazzo non aveva tanti soldi, ma giocava a football e questo sport gli ha aperto molte porte. Gli ha permesso di ottenere una borsa di studio per il college. Probabilmente pensa che sia l'unico modo che ho per combinare qualcosa nella vita. E questo è offensivo. Io non sono il classico giocatore stupido, ho dei voti alti».

Keeley si domandò se a Talon il football piacesse davvero o se giocasse solo perché lo voleva suo padre. «Continuerai a giocare al college?»

«Se non lo facessi, a mio padre verrebbe un infarto. Non fraintendermi, amo il football. Vorrei soltanto che mi lasciasse giocare in pace, senza criticarmi costantemente».

«Zach farebbe a cambio con te in un attimo. La mia famiglia non va matta per il football. Sì, andiamo a tutte le sue partite, ma non siamo dei fanatici». Keeley conosceva le regole di base, ma non avrebbe saputo dire molto altro, sicuramente niente in fatto di strategia.

«Tutta la mia famiglia invece è fanatica... tutti gli zii, le zie e i cugini. Una delle mie cugine, Linda, giocava a football alle superiori».

«Che tipa tosta». E incredibilmente coraggiosa. «Vorrei avere il fegato per fare qualcosa del genere».

«Puoi farlo di certo. Basta che non abbia a che fare con lo sport. Ti ho vista correre», la canzonò.

«In effetti, non sto parlando di sport. In generale, non penso che potrei andare là fuori e fare qualcosa di grandioso come tua cugina».

«Chi ha detto che dev'essere per forza grandioso? L'unica cosa che conta è che, qualunque cosa tu faccia, sia importante per te, o almeno, questo è ciò che mi diceva mio nonno». A Talon borbottò lo stomaco. «Ho fame. Hai tempo di cenare insieme a me prima che ti riporti a casa?».

Keeley diede un'occhiata all'orologio sul suo telefono. «Sì».

Talon prese le bottigliette d'acqua vuot3 sparse sul tavolo. «Butto via queste e poi andiamo».

Keeley afferrò le chiavi e il telefono di Talon. «Vado ad accendere l'aria condizionata».

Mentre apriva il pick-up, il telefono di Talon trillò. E poi trillò ancora. E ancora. Dovevano essere messaggi da parte di suo padre. Fece per impostare la modalità silenziosa, quando sullo schermo apparvero altri messaggi. Erano stati inviati da due tizi di nome Mitch e Finn.

Mitch: Non indovinerai mai
chi abbiamo visto al supermercato. CLAIRE.

E quella chi era?

Finn: Ci ha completamente ignorato.
Non so perché fossi così preso da lei.

Mitch: Pensi si sia ritrasferita qui?

Finn: Chissenefrega. Un'ex deve rimanere ex.

Un'ex? Non si era resa conto che Talon avesse un'ex ragazza.

Quando Talon salì in macchina, controllò il telefono, scrisse qualcosa, poi se lo infilò in tasca. «Mangiamo», disse, con un'espressione indecifrabile.

Keeley non sapeva perché le desse tanto fastidio che Talon avesse un'ex. Forse era solo perché lui non gliel'aveva mai nominata, nemmeno quando lei parlava di Randy. E se Talon aveva un'ex, questo voleva dire che poteva paragonare Keeley a lei tutto il tempo. Lei faceva lo stesso con Randy. Grazie al cielo, Talon usciva sempre vincitore dal confronto, ma se lei non fosse stata altrettanto fortunata?

A cena, Keeley cercò di portare la conversazione sulla sua ex ma, quando non veniva interrotta da un cameriere, ci pensava Talon a cambiare discorso. Stava cominciando a pensare che si trattasse di una cospirazione. Stavano tornando alla sua macchina quando decise di smettere di essere discreta.

Guardandolo dritto negli occhi, gli chiese: «Talon, hai mai avuto una ragazza?».

Lui si bloccò. «Oltre te?»

«Sì».

«Ehm, sì. Una. Ero al primo anno».

Quando lui non aggiunse altro, gli diede un colpetto sul fianco. «Dài, voglio saperne di più. Tu sai di Randy».

Gli angoli della sua bocca si piegarono all'ingiù. «Si chiamava Claire. Frequentavamo la stessa classe di storia dell'arte e siamo finiti in coppia per fare un progetto. Ci siamo piaciuti e ci siamo messi insieme».

«E...? Che cosa è successo?».

Lui inspirò a fondo e poi espirò lentamente. «Non mi piace parlarne».

Nemmeno con lei? Pensava che potessero parlare di tutto.

Erano in silenzio quando svoltarono nella via di Keeley. Talon parcheggiò a mezzo isolato di distanza, così Zach non li avrebbe sorpresi. Quando scesero dal pick-up, Keeley si voltò verso Talon per abbracciarlo, ma lui la fermò. «Sei arrabbiata?».

Keeley non era arrabbiata, più che altro si sentiva confusa e un po' diffidente. Che cosa non voleva raccontarle? «È stata una brutta rottura o qualcosa del genere?». Era l'unica ragione che le fosse venuta in mente.

«Puoi dirlo forte», ammise lui, alquanto riluttante.

«Puoi raccontarmi tutto, lo sai. Non ti giudico».

Talon sospirò. «Credevo che andasse tutto alla grande tra me e Claire, ma…». Fece spallucce e distolse lo sguardo. «Un giorno ho ricevuto un messaggio dal mio amico Mitch. Era una foto di lei e un tizio che si baciavano a una festa. Stavamo insieme solo da un paio di mesi. Mi sono sentito un idiota».

Era stato tradito? Keeley non riusciva a immaginare che una cosa del genere potesse accadere, soprattutto a un tipo come Talon. La maggior parte delle persone non se ne rendeva conto, ma lui aveva un cuore d'oro. «Mi dispiace tantissimo».

«Il peggio è stato che quel tizio le stava dietro solo per farmela pagare».

Che razza di ragazzo compie una bassezza di questo tipo? «Perché avrebbe dovuto farlo? Lui…».

Fu interrotta da una suoneria a tutto volume.

«Dannazione», disse Talon, tirando fuori il telefono. «È di nuovo mio padre, devo rispondere». Si portò il cellulare all'orecchio facendo una piccola smorfia.

Il volume era abbastanza alto perché Keeley potesse origliare la conversazione.

«Lo sai che ore sono? Dovevi essere a casa dieci minuti fa».

Dieci minuti fa? Ma erano solo le otto.

«Papà…».

«La partita è domani. Dovresti essere a casa a riposare, non in giro con la tua ragazza».

Le spalle di Talon erano piegate in avanti, la sua voce sussurrata ma concitata. «Non sto facendo niente di illegale, perciò smetti di trattarmi come se fosse così».

«Questo lo dici tu. E non pensare nemmeno per un secondo che io mi sia dimenticato del fatto che te ne sei uscito di casa sbattendo la porta mentre ti stavo parlando».

«Non mi stavi parlando, mi stavi facendo la predica. E non vedo dove stia il problema».

«Non c'è tempo per le ragazze, figliolo. Puoi uscire quanto ti pare una volta finito il campionato, ma ora come ora, devi concentrarti sul football. È del tuo futuro che stiamo parlando».

Talon sospirò frustrato; si girò e si spostò da Keeley. «Papà, sarò a casa tra venti minuti. Ne parliamo dopo». Chiuse la comunicazione e le fece un sorriso, ma Keeley avvertiva chiaramente la rabbia che vorticava sotto la superficie. «Papà rompe di nuovo».

«Non sapevo che volesse che tu smettessi di uscire con me. Perché non me l'hai detto?». Che altro aveva omesso dalle loro conversazioni? Stava cominciando ad avere una brutta sensazione in proposito.

Lui fece spallucce e distolse lo sguardo. «Non volevo farti preoccupare».

«Talon», sussurrò lei, l'emozione che si sprigionava dalla sua voce. «Non voglio che tu abbia dei problemi a causa mia».

«Non sei un problema. Fidati, sono altri i problemi». Si mise una mano in tasca. «So che non stiamo insieme da così tanto, ma vorrei darti una cosa. Ti metteresti il mio anello della scuola?».

Le porse un anello d'oro quadrato con uno smeraldo verde scuro incastonato al centro. Attorno alla pietra c'era scritto in stampatello "Crosswell High School". Un pallone da football era inciso su un lato, mentre il suo nome, JT Harrington, sull'altro.

Le stava dando il suo anello della scuola? All'improvviso, la loro relazione le parve più seria che mai. Quello era un gioiello costoso; quando Zach aveva perso il suo, i loro genitori si erano infuriati. Si sentiva davvero a suo agio a farle portare quell'anello?

Talon si tirò il colletto della maglietta. «Non devi se non vuoi. È stata solo un'idea che mi è venuta, un'idea stupida, a dire il vero».

«No che non lo è».

«E allora perché non lo vuoi mettere?»

«Non so che significa», rispose in tutta sincerità.

Piantando i piedi a terra, Talon si appoggiò contro la macchina. Poi la attirò a sé, le mise una mano sulla parte bassa della schiena, mentre con l'altra continuava a tenere l'anello. «Significa tutto ciò che vuoi che significhi».

«Non mi aiuta».

Sorrise torcendo le labbra. «So che non stiamo insieme da tanto…».

«Nemmeno da un mese». Anche se sembrava che fosse di più. Forse perché la loro relazione era iniziata molto prima del loro primo appuntamento.

«Ma sapere che ce l'hai al dito, specialmente alla partita di domani, è importante per me».

«Perché?». Keeley non capiva, non sarebbe cambiato nulla.

Talon diede un'alzata di spalle. «Il fatto che lo porti al dito è come se mi sostenessi in qualche modo».

«Ma certo che ti sostengo». Perché non avrebbe dovuto farlo?

«E che mi dici di Zach? Non farai il tifo per lui?».

Si morse il labbro inferiore, non aveva pensato agli aspetti pratici. Era stata troppo coinvolta da Talon e dalla novità della loro relazione. Non poteva fare apertamente il tifo per Talon, non se voleva tenere Zach all'oscuro.

Avvertendo la sua tensione, lui le massaggiò le spalle. «Lo capisco, davvero. È per questo che voglio che tu porti il mio anello». Sollevò la mano e la aprì: l'anello si trovava nel suo palmo.

Keeley era ancora nervosa, ma capiva perché la cosa contasse per lui. E come poteva rifiutare l'anello quando lui si mostrava così comprensivo per la vicenda di suo fratello? «Lo prendo a una condizione», gli disse. «Te lo restituisco dopo la partita».

«Andata».

Aveva il posto perfetto in cui metterlo. Portò le mani

dietro la testa, sganciò la catenina che portava al collo e ci infilò l'anello. Tintinnò urtando il ciondolo d'argento.

Talon strinse tra le dita il telefono in miniatura. «Non sapevo che portassi questo».

«Tutti i giorni». La catena era abbastanza lunga da poter essere nascosta sotto la maglietta; le sembrava il suo piccolo segreto con il resto del mondo.

Le labbra di Talon si schiusero per la sorpresa e poi si aprirono in un ampio sorriso. Quella vista le fece provare una strana sensazione al petto.

«Che c'è?», gli chiese, come se non gli avesse appena giurato amore eterno.

Dal momento che più o meno si aspettava una risposta impertinente, Keeley si sorprese quando lui disse: «La cosa mi rende felice, tutto qui».

Rendeva felice anche lei.

Capitolo 19
Mi sento da schifo

«Odio i *pep rally*», commentò Nicky mentre appoggiava un piede sul seggiolino di fronte a sé. Quel giorno ci sarebbe stata la partita e la tensione stava salendo alle stelle. La sconfitta dell'anno precedente non poteva – e non doveva – ripetersi. I giocatori l'avevano giurato. Un coro esultante si levò nella palestra della scuola quando le cheerleader entrarono. Presero posizione proprio nel momento in cui la musica iniziò a diffondersi a tutto volume. L'intera scuola le osservò mentre piroettavano e danzavano a ritmo.

«Odi i *pep rally* perché sei gelosa delle cheerleader», replicò Keeley.

«Non capisco perché non mi abbiano presa nella squadra. Anche io sono vivace e chiassosa».

«Ma se non sei riuscita nemmeno a fare la ruota».

Nicky arricciò il naso. «Il pavimento era scivoloso. Non mi hanno dato una giusta opportunità».

"Sì, come no", pensò Keeley, ma, da amica leale qual era, disse: «Saresti stata la miglior cheerleader in campo».

Guardarono rapite una ragazza che veniva lanciata in aria e faceva diverse giravolte prima di atterrare tra le braccia delle sue compagne di squadra. Nicky sospirò. «Va bene. Non sarò mai una cheerleader ma, se avessi avuto un po' di talento, sarei stata di sicuro quella più carina».

La musica finì e le cheerleader uscirono dal campo mentre i giocatori di football facevano la loro comparsa. Il preside li presentò uno alla volta.

«E infine, il numero sei, Zach Brewer!».

Tutta la scuola esplose in un applauso scrosciante. Zach lo amavano davvero tutti, insegnanti inclusi.

Keeley si alzò e batté le mani, urlando il nome di suo fratello. Zach stava esaminando le tribune in cerca di lei. Quando la individuò, si toccò il petto proprio all'altezza del cuore e incrociò il suo sguardo; lei lo imitò e gli fece l'occhiolino. Quel rituale risaliva agli esordi di Zach come giocatore di football.

Mentre il preside blaterava a proposito di battere la Crosswell, Keeley staccò il cervello. Distrattamente iniziò a giocherellare con la collana da cui pendevano l'anello della scuola di Talon e il ciondolo a forma di telefono.

«Ma che cosa abbiamo qui?», chiese Nicky, sollevando l'anello e studiandolo. «Perché non mi hai detto niente?»

«Me l'ha dato solo ieri sera. E lo tengo solo per questa partita», si affrettò a spiegarle, poi esitò. «Inoltre, io... be', non sapevo come avresti reagito, soprattutto dopo quel che è successo al Factory». Non voleva sentire alcun commento sgarbato che potesse rovinare il momento speciale che lei e Talon avevano condiviso la sera prima.

Nicky aggrottò le sopracciglia. «Non sopporto il fatto che tu non ti senta libera di parlarne con me. Non ti mentirò... ancora non mi convince al cento per cento, ma sto provando a farmelo piacere».

«Lo so». Nicky le aveva chiesto una seconda occasione. Aveva fatto un po' di fatica a persuaderlo, ma alla fine Talon aveva accettato di rivederla. Si stavano organizzando per prendere un caffè insieme la settimana successiva. «E per questo ti voglio ancora più bene. Dopo il *pep rally*, a pranzo, ti racconto tutto».

All'improvviso, il preside annunciò: «Abbiamo bisogno di un volontario per ogni anno che partecipi a un gioco. Mostrate il vostro spirito scolastico!».

Amy, una cheerleader dell'ultimo anno, si avvicinò a loro: «Dài, Keeley».

«No». Sollevò le mani. «Assolutamente no, non mi trascinerai laggiù».

Amy la afferrò per il braccio e la fece alzare. «Sarà divertente!».

«Definiscimi il termine divertente», borbottò, mentre si lasciava trascinare sul pavimento della palestra.

Quando i quattro volontari furono radunati, le cheerleader portarono un tappetino per giocare a Twister, solo che invece di pallini blu, verdi, gialli e rossi, c'erano senape, ketchup, panna montata e sciroppo al cioccolato. La persona che resisteva di più faceva guadagnare un gelato gratis a ogni studente del suo anno. Tutto attorno a lei, gli studenti si stavano provocando a vicenda, vantandosi del fatto che sarebbe stato il loro anno a vincere.

All'improvviso, Zach fu accanto a lei. «Non ti preoccupare, Keels, non sarà troppo brutto».

«È colpa tua se sono qui», lo accusò, scoccando a suo fratello un'occhiata assassina.

«Ti sto dando solo l'occasione di sfoggiare le tue mosse». Ignorò il diretto allo stomaco e si spostò di lato, in modo da poter avere un posto in prima fila per guardarla.

Arrotolando l'orlo dei jeans, ascoltò il preside che dava la prima serie di istruzioni. Esitante, osservò gli altri studenti che mettevano un piede su una chiazza di senape gialla. Zach le fece segno di muoversi, con un sorriso a trentadue denti appiccicato in faccia. Keeley fece una smorfia e mise il piede destro sul punto indicato, mentre la senape le si infilava tra le dita dei piedi. Che schifezza.

"Ti uccido", mimò con la bocca a Zach. Per i minuti successivi, si contorse sul tappetino lercio, sporcandosi mani e piedi con diversi condimenti.

Sentiva tutti gli studenti dell'ultimo anno fare il tifo per lei; avrebbe vinto per loro. Dopotutto, questa sarebbe stata l'ultima partita della Edgewood contro la Crosswell a cui avrebbero partecipato.

«Mano sinistra, sciroppo al cioccolato».

In equilibrio sulle dita dei piedi, sollevò con cautela il braccio e mise la mano sulla macchia più vicina. Il movimento fece uscire l'anello di Talon da sotto la sua maglietta. Dondolava avanti e indietro, come un pendolo, con i colori verde e oro della Crosswell bene in vista. Forse, nella confusione, nessuno l'avrebbe notato.

Fu allora che Keeley si accorse di avere di nuovo addosso gli occhi di Zach. Poi, lo sguardo di suo fratello si posò sull'anello. Cort, che era in piedi accanto a lui, gli sussurrò qualcosa, ma Zach non si mosse. Confuso, Cort seguì la traiettoria dei suoi occhi e la sua bocca si spalancò quando vide l'anello.

Sapendo di dovergli dare una spiegazione, fece per raggiungerli, dimenticandosi del tutto di dove si trovasse. Immediatamente le sue mani persero la presa e lei cadde su quel disgustoso tappetino. La scuola intera esultò, felicissima di tutta quell'azione. Ignorando Amy che le stava passando una salvietta, si precipitò da suo fratello. «Zach, posso spiegarti».

«Penso che quella roba che porti al collo dica già tutto». Automaticamente, la mano di Keeley si chiuse attorno all'anello, come per proteggerlo.

I loro sguardi si incrociarono. A Keeley venne un groppo in gola quando suo fratello spezzò il contatto con lei e distolse lo sguardo. La rabbia, così bruciante che quasi la scottava, se l'era aspettata. Quel che la colse alla sprovvista, però, fu il dolore.

«Esci davvero con lui?», le chiese, calmo.

Lei si succhiò le labbra e le morse perché non gli voleva rispondere.

«Allora?».

Lentamente, Keeley annuì.

«Okay, ragazzi. Tutti seduti», ordinò il preside, esortando gli studenti a tornare al loro posto, anche se erano ricoperti di una poltiglia a base di ketchup, senape, panna montata e sciroppo al cioccolato.

Con la coda dell'occhio, Keeley vide Amy dirigersi verso di lei, pronta a scortarla al suo posto. «Zach», disse immediatamente, prima di perdere l'occasione, «non ti volevo ferire. Te l'avrei detto dopo la partita. Lo giuro».

«Suppongo che questa sia la sua vendetta», mormorò piano. «Gli ho rubato la ragazza, perciò mi ruba la sorella».

La ragazza? Che ragazza? Zach guardò di nuovo l'anello di Talon, e all'improvviso Keeley fece due più due. Un tempo ce l'aveva anche lui un anello, ma l'aveva perso al primo anno. Lo stesso anno in cui Talon stava con la sua ex. «La ragazza della foto, quella a cui hai dato il tuo anello della scuola… è Claire. Sei tu il ragazzo con cui l'ha tradito».

Lui trasalì.

«Tutti a sedere», ripeté il preside, guardando proprio Keeley. «Ora».

Keeley barcollò fino al suo posto accanto alla sua migliore amica. «Non hai una bella cera. Ti senti bene?», le chiese Nicky, passando una salvietta a Keeley.

«Non lo so». Keeley si pulì gambe e braccia. «Zach ha scoperto che sto con Talon. E beccati questa… Zach ha rubato la ragazza a Talon al primo anno». Le spiegò rapidamente quel che aveva scoperto. «Non sapevo nemmeno che Zach uscisse con qualcuna». Come aveva potuto rimanere all'oscuro di tutto? Sapeva che lei e suo fratello si erano allontanati durante le superiori, ma quello?

Nicky parve tanto scioccata quanto Keeley. «Non è possibile, Zach non l'avrebbe mai fatto».

Nemmeno Keeley riusciva a crederci; suo fratello aveva molti difetti, ma l'onore proprio non gli mancava. O per lo meno, pensava che non gli mancasse. E se quel che aveva detto fosse stato vero? Se Talon la stesse davvero usando solamente per farla pagare a Zach? Non lo credeva, ma l'aggiunta di Claire all'equazione la faceva dubitare.

Cercò Zach dopo il *pep rally*, ma lui era scomparso e Keeley riuscì a trovare soltanto Cort.

«Non ti vuole parlare», annunciò lui, mentre con il corpo faceva da scudo allo spogliatoio dei ragazzi. Cort si comportava come se Zach andasse protetto da *lei*. La cosa la ferì.

«Per favore, Cort». Si sentiva da schifo per aver tenuto segreta la sua relazione con Talon. Zach doveva sentirsi così tradito. «Devo vederlo». Per scusarsi. Gli avrebbe chiesto di Claire in seguito, dopo la partita.

«Vuole schiarirsi le idee. Lascialo in pace per ora».

«Puoi almeno dirgli in bocca al lupo da parte mia? E che farò il tifo per lui?».

Lui annuì brevemente e si allontanò.

Keeley andò nel bagno delle ragazze per lavarsi le mani e bagnarsi un po' il viso. Quando uscì, la palestra ormai era vuota, perciò andò all'esterno, sperando di trovare Nicky per il pranzo. Invece, vide Gavin sgattaiolare fuori dal lato dell'edificio. Che ci faceva lì? Non doveva rimanere con gli altri giocatori? Una figura alta, incappucciata avanzò alle sue spalle. Un momento… lei l'aveva già vista quella felpa con il cappuccio. *Talon*? Perché era lì? E perché era con Gavin?

Li seguì mentre procedevano in punta di piedi oltre la palestra, fino al lato estremo del campus. Si consultarono brevemente dietro la sala pesi, sussurrando tra loro. Piombandogli alle spalle, chiese: «Che state facendo voi due?».

Talon si voltò di scatto. Aveva in mano una latta di vernice e un pennello. Era impazzito? Doveva andare via dalla loro scuola prima che chiunque lo vedesse, specialmente Zach.

Lo spinse in un angolo, accertandosi che nessuno li stesse guardando. «Sei venuto a fare uno scherzo adesso?»

«Bambola…».

«Non mi chiamare bambola. Sei fuori di testa? Hai una vaga idea del casino in cui ti potresti cacciare?»

«È uno scherzo innocuo», spiegò Talon, ma Keeley non se la bevve.

«E tu», si rivolse a Gavin, «perché sei coinvolto in questa storia?».

Gavin guardò impotente Talon. «Lui è… ehm, lui è mio cugino».

La rivelazione la colse alla sprovvista: i due non si assomigliavano per nulla, se si escludevano gli occhi blu. «E lo lasci entrare nella nostra scuola?». Odiava gli scherzi che si facevano quelli della Edgewood e quelli della Crosswell, però lei almeno la mostrava un po' di lealtà nei confronti della sua scuola. E di suo fratello.

«Non prendertela con lui. È colpa mia, l'ho spinto ad aiutarmi facendolo sentire in colpa», confessò Talon. «Volevo farla pagare a Zack per avermi dipinto di blu il pick-up».

Quello era stato solo uno scherzo. Di cattivo gusto, sì, però innocuo. Ma Talon che sgattaiolava di nascosto nei giardini della scuola era tutto un altro discorso. «Non puoi semplicemente lasciar perdere?»

«Tutti si aspettano che escogitiamo qualcosa».

Era così che ragionava? All'improvviso, Talon sembrava davvero il ragazzino che era. Ma non era di questo che voleva discutere Keeley ora. Aveva domande più importanti che le frullavano per la mente. «Talon, perché non mi hai detto che Claire ti aveva tradito con Zach?».

Rimase a bocca aperta. «Come l'hai scoperto?»

«Non importa». Si voltò verso Gavin, che li stava osservando come se stessero girando una telenovela. «Ho bisogno di parlare con Talon da sola. Puoi andartene?». Sapeva che si stava esprimendo in maniera un po' troppo diretta, ma era necessario. Se voleva scoprire la verità, doveva diventare la stessa ragazza che era al telefono, che non analizzava le cose mille volte, ma andava dritto al punto. Aspettò che Gavin non fosse più a tiro d'orecchio. «Talon, perché non mi hai detto che si trattava di Zach?».

Talon deglutì a fatica. «Perché so che non ci faccio proprio una bella figura. Quel che è successo con Claire non ha niente a che vedere con noi».

Perché il tradimento di Claire e Zach non gli faceva fare una bella figura? Non doveva essere il contrario, semmai? «Sei sicuro di non stare con me per farla pagare a lui?»

«No! In effetti, vorrei che tu non fossi sua sorella, è per questo che me ne sono andato al Java Hut. Sapevo che le cose si sarebbero complicate e pensavo che sarebbe stato più facile farla finita allora. Ma non ci sono riuscito, non riuscivo a cancellarti dai miei pensieri».

Un potente fischio attirò la loro attenzione. Si voltò e guardò oltre Talon. Di lato c'erano due ragazzi che Keeley non conosceva. Il più basso dei due indossava un cappellino blu scuro e una felpa grigia. Suppose che fosse stato lui ad aver fischiato, perché continuava a picchiettare sull'orologio con impazienza. L'altro era proprio il suo perfetto opposto. Mentre faceva girare le chiavi della macchina sul dito, sembrava quasi annoiato da tutta la vicenda.

«Dacci un taglio, dobbiamo andare», disse il ragazzo con il cappellino.

Talon guardò l'orologio e imprecò. «Parliamo più tardi, dopo la partita. Ti scrivo». Si abbassò per baciarla, ma lei si voltò e gli porse la guancia. Non le andava di baciarlo, non mentre stava ancora elaborando quel che era successo e soprattutto non a scuola, dove c'era suo fratello. Quando Talon si ritrasse, vide la sua espressione afflitta e gli strinse la mano. «Ne parliamo stasera. Promesso».

Talon le restituì la stretta, poi i tre ragazzi superarono in fretta la sala pesi e sparirono dalla vista.

Dopo la fine delle lezioni, Keeley estrasse i libri dall'armadietto e andò al parcheggio ad aspettare Nicky. La partita sarebbe iniziata alle sette, perciò avevano deciso di stare un po' al pontile prima di ritornare a scuola. Era quasi arrivata alla macchina di Nicky, quando vide una folla di studenti radunata sul retro del parcheggio. Incuriosita, si diresse verso la calca. In punta di piedi, si allungò per vedere che cosa ci fosse di così affascinante, ma c'era troppa gente.

Attraverso la folla di persone, riuscì a vedere la macchina di Cort. Era avvolta nella plastica e sporca di vernice, proprio come era accaduto al pick-up di Talon. Ma Talon si era spinto oltre: aveva disegnato un dito medio sul cofano.

«Oh, merda», mormorò Keeley.

La folla si zittì quando suo fratello e i suoi amici si fecero strada tra i presenti. Tutti presero a fissare suo fratello, in attesa di una reazione. Se qualcuno si era aspettato uno scoppio d'ira, però, rimase amaramente deluso. Al contrario, la schiena di Zach divenne dritta come un fuso, la sua espressione si fece gelida e il suo viso si trasformò in una maschera di ghiaccio, fredda e dura. L'unica traccia di emozione che gli si leggeva in viso si trovava nei suoi occhi, e Keeley era l'unica a sapere che cosa significasse. Quella era una dichiarazione di guerra. Zach era a caccia di sangue e avrebbe preso di mira una persona in particolare sul campo quella sera: il suo ragazzo.

Capitolo 20
Sono combattuta

«La partita non è nemmeno iniziata. Datti una calmata», disse Nicky, mettendo una mano sul ginocchio di Keeley. «Continua ad agitarti così e le persone cominceranno a pensare che ti sei calata qualcosa».

«Non posso farne a meno». Fece ballare l'altra gamba, sfogando un po' dell'energia che stava crescendo dentro di lei. Ogni minuto che passava, la sua ansia aumentava, e il fatto che le tribune fossero piene fino a scoppiare di certo non aiutava. Non riusciva a muoversi senza rischiare di essere calpestata.

Osservava le persone passare con indosso i colori della scuola; e non solo gli studenti erano vestiti a tema, ma anche i genitori indossavano il bianco e il blu della Edgewood; accidenti, c'era persino il sindaco. La gente sfoggiava di tutto di quel colore: dalle magliette alle bandane, fino alla pittura sul viso. Sembrava che l'intera città fosse venuta ad assistere alla partita, pronta a tifare a più non posso.

Lo sguardo le cadde sugli avversari. I tifosi della Crosswell erano ammassati sulle tribune riservate alla squadra ospite, tanto agguerriti quanto i sostenitori della squadra di casa, e la loro parte era un mare di verde e oro. La rivalità tra le due squadre c'era sempre stata, a memoria d'uomo.

Keeley riuscì a scorgere i giocatori della Crosswell all'estremità opposta del campo, vicino al palo della porta. Si stavano scaldando: facevano stretching, si passavano la palla. Cercò il numero di Talon, ma la sua squadra era troppo distante.

«Non capisco perché tu sia così nervosa, è solo una partita», commentò Nicky.

Normalmente, Keeley si sarebbe trovata d'accordo con lei, ma non stavolta. «Hai visto Zach, non vede l'ora di fare rissa». Quando Zach si arrabbiava, il cervello gli si spegneva del tutto. Se si infuriava abbastanza, poteva venire alle mani.

Nicky indicò il campo con la mano. «Gli arbitri interverranno prima che ci sia uno spargimento di sangue».

«E la cosa dovrebbe farmi sentire meglio?». Keeley voleva che nessuno finisse al pronto soccorso.

«Non succederà niente. Giocano entrambi in attacco. Quando Zach è in campo, Talon sarà in panchina e viceversa». Grazie a Dio per quello. Non riusciva nemmeno a immaginare che cosa sarebbe successo se uno dei due avesse giocato in difesa. Sarebbe stato un bagno di sangue.

«Sto ancora cercando di capirci qualcosa sul legame che hanno a causa di Claire. Quante possibilità c'erano che scambiassi il telefono proprio con Talon?»

«Sarà stato un caso o un incontro architettato alla perfezione? Sarebbe la vendetta perfetta: Talon usa la gemella di Zach per fargliela pagare per quel che ha fatto con Claire». Qualsiasi traccia di benevolenza di Nicky nei confronti di Zach era sparita non appena aveva saputo di Claire.

«Non ho intenzione di accusare Talon di qualcosa solamente sulla base di un'ipotesi».

«Almeno pensaci», disse Nicky. «Potrebbe essere vero… non puoi non ammetterlo».

Keeley doveva andarsene da lì. Alzandosi, annunciò: «Vado in bagno».

Il dubbio l'assalì mentre si faceva strada tra la folla diretta al bagno. Talon aveva sempre avuto un secondo fine? Stava muovendo i fili della sua marionetta, usandola per far soffrire suo fratello?

Non si era mai sentita presa in giro: le sue parole e i suoi gesti le erano sembrati sinceri. E la loro chimica… Dio, la loro chimica… nessuno può fingere una cosa del genere. Confusa e frustrata, si lasciò scappare un gemito ben udibile.

«Va tutto bene lì dentro?», disse una voce fuori dal gabinetto. «Ho un antiacido se ne hai bisogno, tesoro».

«Ehm… S-sto bene», riuscì a balbettare Keeley. Seguì un silenzio imbarazzante. Il rubinetto si aprì e Keeley pregò che la signora facesse in fretta. La partita sarebbe iniziata di lì a qualche minuto e, se fosse rimasta in bagno un istante di più, si sarebbe persa il calcio d'inizio. Come a voler dimostrare la sua teoria, il suo telefono vibrò. Una raffica di messaggi apparve sullo schermo. Il primo era di Zach:

Dove sei? Non ti vedo da nessuna parte in tribuna.

Hai promesso che ci saresti stata.
Mi hai detto solamente un'altra bugia?

Poi di Nicky:

Sei caduta di nuovo nel water?

Poi di nuovo di Zach:

Ti sei seduta dalla parte di Harrington?
Non ci credo che mi hai fatto una cosa del genere.

Poi ancora di Nicky:

Devo chiamare il 118?

«Oh, santo cielo», mormorò tra sé. Zach prima nemmeno le voleva parlare e ora si lamentava? Capiva che era sconvolto, ma avrebbe dovuto sapere che, se lei gli aveva detto che ci sarebbe stata, avrebbe mantenuto la parola.

"Perché diamine la signora ci sta mettendo tanto?", pensò Keeley. Si rendeva conto di quanto fosse ridicola, in piedi in bagno, in attesa. Dov'era finita la ragazza che prima aveva affrontato a muso duro Talon? Perché quella ragazza finiva sempre in secondo piano? Doveva farla rimanere in superficie, ma poteva riuscirci solo facendo la scelta consapevole di mantenerla a galla. Se l'avesse fatto, forse col tempo le sarebbe venuto naturale.

Con un cenno risoluto del capo, fece scattare la serratura e uscì. La signora, non più alta di un metro e cinquanta, se ne stava davanti allo specchio. Da dietro, sembrava una studentessa delle superiori. Indossava dei jeans aderenti, degli stivali da cowboy con le frange e la divisa della Crosswell. Teneva la sua massa di ricci biondi raccolti in modo precario sopra la testa e sembrava che potessero cadere giù da un momento all'altro.

A ogni modo, quando si voltò, Keeley si accorse che era più vecchia. Non che fosse anziana, ma il suo viso aveva una maturità, una consapevolezza che viene solo con il tempo; aveva visto la stessa espressione sul volto di sua madre. La signora in questione era davvero uno schianto.

«Eccoti qui, dolcezza», le disse.

Qualcosa nella sua voce fece smuovere la memoria di Keeley; si spremette le meningi, cercando di capire che cosa fosse.

«Va tutto bene?».

Gli occhi della donna danzavano mentre parlava. Fu allora che se ne rese conto: quegli occhi, quell'accento. Quella era Darlene, la mamma di Talon.

Stava succedendo davvero? Quasi quasi Keeley voleva guardarsi in giro per vedere se ci fosse una telecamera nascosta. Un colpo secco alla porta del bagno la salvò.

«Darlene!», chiamò una voce profonda. «Stai bene! Smettila di farti bella ed esci. Altrimenti ci perdiamo il calcio di inizio!».

«Uomini», commentò la mamma di Talon, alzando gli occhi al cielo come se stesse raccontando a Keeley un gran segreto. Si sentì un altro colpo impaziente. «Meglio che vada, prima che gli salga la pressione. Odia perdersi anche un solo minuto delle partite di nostro figlio».

Keeley la osservò uscire camminando come una modella su quegli stivali con il tacco alto. Scorse anche il padre di Talon: un uomo imponente, alto, con un cipiglio aggressivo. Keeley aspettò qualche minuto prima di correre al suo posto e sedersi proprio nel momento in cui i giocatori si schieravano in campo. L'atmosfera era elettrica, tutti erano su di giri. Riusciva solamente a immaginare come potessero sentirsi Talon e Zach. «Va bene», sussurrò quando il fischietto suonò, «si inizia».

La folla si zittì non appena i giocatori si accucciarono, mettendosi in posizione. Sentì la voce di Talon gridare: «Uno. Due. Tre. Hut!». La palla volò tra le sue mani, lui si spostò a sinistra e fece una finta a destra, mentre cercava un giocatore libero.

Keeley era la prima ad ammettere che il football non le interessasse per niente: c'erano troppi grugniti, troppi placcaggi, troppe consultazioni sulla tattica. Ma qualcosa nel modo di giocare di Talon la incantava.

Per essere un ragazzo tanto alto, si muoveva con grazia sorprendente. Mentre Zach era potenza allo stato puro, Talon aveva eleganza. Si muoveva come una pantera, procedeva a zigzag tra la difesa, le sue lunghe gambe gli permettevano di fare degli scatti energici. Era indomito, agile, maestoso… e tutto suo. Finalmente capì perché le ragazze andavano pazze per i giocatori di football: rivendicarne uno come tuo ti dava una sensazione di potere.

Talon portò il braccio dietro la schiena, poi il suo polso scattò in avanti per effettuare il lancio. Mentre gli occhi di tutti seguivano la palla, i suoi rimasero incollati su Talon; il suo corpo era teso mentre osservava la traiettoria, era concentrato al cento per cento sulla palla saettante. Quando il suo compagno di squadra la afferrò, segnando il primo touchdown, Talon tirò un pugno in aria.

Poteva anche lamentarsi di suo padre e dell'intensità del gioco ma, al di là di quelle proteste, il suo talento era innegabile. Si meritava ogni singolo premio che aveva vinto, anche se Zach la pensava diversamente. Keeley non poteva dire chi fosse il giocatore migliore, se Zach o Talon, ma sapeva che erano sullo stesso livello, più o meno.

Al momento dell'intervallo, la Crosswell era sotto di sette punti. Erano in testa nelle prime fasi di gioco, ma poi Zach e i suoi compagni avevano fatto un paio di giocate grandiose portando la Edgewood in vantaggio sul tabellone. Per il momento, entrambe le squadre si stavano comportando bene; c'erano stati un paio di spintoni, ma niente di serio. Per la prima volta, Keeley iniziò a rilassarsi; forse sarebbero usciti incolumi da quella partita. Il telefono vibrò nella sua tasca e lei lo afferrò.

Mi servirebbe davvero un bel portafortuna, bambola.

Un bel portafortuna? Tipo cosa?

Rivuoi il tuo anello?

No, qualcosa di molto meglio.

Che cosa?

Un bacio.

Immaginò di correre tra le sue braccia e baciarlo davanti a tutta quella gente ma, dal momento che non era possibile, fece la cosa più simile che potesse fare. Increspò le labbra e scattò una foto.

Ora sono pronto a spaccare qualche culo. ;)

La sua felicità svanì. Zach stava giocando in modo fenomenale, i suoi lanci erano perfetti e stava portando la squadra alla vittoria. Sarebbe stata in parte colpa sua se avesse perso? Il senso di colpa la spinse a scrivere a suo fratello.

Stai giocando alla grande! E ovviamente sono seduta dalla tua parte... cercami durante il secondo tempo.

Mentre le squadre uscivano dallo spogliatoio ed entravano in campo, vide Zach. I suoi occhi scrutarono le tribune finché non trovarono i suoi. Forse, dopotutto, le cose tra loro si sarebbero sistemate.

Il secondo tempo iniziò con la palla in possesso della Edgewood, e Zach scese in campo con il resto della linea d'attacco. Tutto procedette bene finché la palla non volò fuori campo dal lato della Crosswell... proprio dove era seduto Talon. Keeley congiunse le mani mentre osservava suo fratello che correva a recuperarla.

«Oh-oh», borbottò Nicky, allungando il collo. «Qui si mette male».

«Qualcuno lo fermi», disse a nessuno in particolare, passandosi una mano sulla fronte e tra i capelli. «Okay, forse non sarà così orribile». Vide Zach abbassarsi per prendere la palla. «Per ora, tutto bene».

All'improvviso, suo fratello si rimise dritto senza la palla. Dannazione. Aveva parlato troppo presto. Il cuore le si fermò quando lui si raddrizzò lentamente, mettendosi in guardia. Si tolse il casco proprio mentre Talon si alzava in piedi. Keeley affondò ancora di più le dita tra i capelli. La sua attenzione era tutta per i due ragazzi che avanzavano l'uno verso l'altro. Zach si mosse leggermente a destra, impedendole la visuale.

«Riesci a capire che cosa sta succedendo?», chiese a Nicky, che vedeva meglio.

Nicky imprecò proprio nel momento in cui Keeley vide il pugno di Zach muoversi. Inorridita, lo guardò scattare in avanti e colpire la mascella di Talon. Per una frazione di secondo, la folla ammutolì. Talon si mosse, ma non per spingere a terra Zach, come pensava che avrebbe fatto. No, Talon si allontanò e basta.

Un arbitro entrò in campo con un microfono. Dalle casse, annunciò: «Il numero sei, Zachary Brewer, è espulso per il resto della partita per condotta molesta».

Keeley cercò con lo sguardo suo fratello che era in piedi vicino alla linea di bordo campo. Zach lanciò il casco e si voltò verso le tribune. Immediatamente puntò lo sguardo su di lei e la furia nei suoi occhi la inchiodò al suo posto. Cort gli mise una mano sulla spalla, ma lui la scostò continuando a camminare. Lo vide uscire dal campo; il suo pugno scattò di nuovo e colpì la catena che delimitava il passaggio. Il suono stridulo del metallo che sbatteva risuonò nel suo orecchio.

Il resto della partita fu teso. Senza Zach, la Edgewood iniziò a perdere colpi: compì dei passaggi imprecisi e dei placcaggi fuori tempo. La Crosswell approfittò degli errori, sfruttandoli alla grande. A cinque minuti dalla fine, il punteggio era pari.

Talon e la sua squadra stavano facendo del loro meglio per risalire il campo, ma la Edgewood manteneva la posizione. Man mano che la fine della partita si avvicinava, Talon diventava sempre più audace. In un'azione grandiosa, simulò un passaggio al running back infilandosi la palla sotto il braccio. Confusa, la difesa della Edgewood seguì il running back, che faceva finta di avere la palla. Velocemente, Talon guardò in fondo al campo e vide uno dei suoi receiver liberi. Un secondo dopo, la palla volò nelle mani pronte del giocatore. I tifosi della Crosswell esultavano mentre il ragazzo tagliava in due il campo correndo. Si muoveva veloce come un fulmine, scartando la difesa e avvicinandosi sempre di più alla linea di meta. La folla si alzò in piedi, con gli occhi puntati sul campo. Era a venti metri, poi dieci, poi cinque… poi…

La Crosswell esplose in un boato, i fan cominciarono a invadere il campo, correndo verso la squadra vittoriosa. Talon fu issato sulle spalle di qualcuno, con i pugni levati in aria. Keeley era felice per lui, davvero, ma una parte di lei non sopportava l'idea che Zach avesse perso. Si era allenato duramente in previsione di quella partita e credeva, a ragione o a torto, che ne dipendesse il suo intero futuro.

«Hai intenzione di andare a congratularti con il tuo ragazzo?», le chiese Nicky, indicando il campo.

Gli occhi di Keeley si spostarono dalla folla di tifosi della Crosswell allo spogliatoio della Edgewood. Ne uscì una figura solitaria, con le spalle curve. Sapeva chi aveva più bisogno di lei.

Capitolo 21
Voglio parlare

«Zach», implorò Keeley, bussando alla porta della sua stanza, «parlami». Appoggiò la testa contro la porta. Era da dieci minuti che se ne stava davanti alla sua camera. Aveva cercato di convincerlo ad aprirle, gliel'aveva ordinato, aveva gridato e l'aveva persino minacciato, ma senza ottenere risposta. «Mi puoi almeno dire se stai bene?».

Altro silenzio. «Se non puoi parlare perché uno psicopatico ti sta tenendo in ostaggio con un coltello, fai un colpo di tosse». Un suono flebile provenne dall'altro lato e lei si mise a bussare più forte.

«Sto bene, Keels, non ho bisogno di parlare». Zach sospirò esasperato. «Voglio solo essere lasciato in pace».

«Mi conosci: non ti lascerei mai in pace in un momento di crisi».

«Mi fai sembrare uno sull'orlo di una crisi isterica».

«Be', non è così?». Ogni volta che perdeva una partita, usciva con i suoi amici e si sfogava in sala giochi. Non si era mai rintanato in camera sua prima d'ora.

Keeley scivolò sul pavimento e si appoggiò contro il muro accanto alla sua camera. «So quanto volevi vincere».

«Vincere non è tutto».

Per poco non soffocò. Quella frase era poco credibile se usciva dalla bocca del ragazzo che si vantava in famiglia di aver iniziato a camminare prima di lei. «E allora perché sei qui con il broncio anziché fuori con i tuoi amici?»

«È che...». Qualcosa sbatté contro la porta. «Ho deluso la mia squadra».

Aveva deluso se stesso, non la squadra. «Sai che non sei Dio, vero? Il destino della squadra non era solamente nelle tue mani. I tuoi compagni avevano delle chance di vincere, ma le hanno sprecate».

«Mi hanno eletto capitano: avrei dovuto guidarli, non farmi coinvolgere in una rissa, incasinando tutto».

«Sì, hai fatto un casino, e per questo sei stato punito. Smettila di flagellarti e guarda avanti. Non permettere che questo ti rovini il resto della stagione e, la prossima volta, controlla la rabbia».

«Ci ho provato, ma si trattava di *lui*».

«Ti ha provocato?». Sperava quasi di sì, perché, dal suo punto di vista, sembrava che Zach l'avesse picchiato di punto in bianco. Dopo il modo in cui aveva soffiato Claire a Talon e dopo il pugno... non le piaceva la persona che vedeva.

«Mi ha detto che gli hai scritto durante l'intervallo e che gli hai mandato una foto...». Fece una pausa. «Un bacio».

«È stato quello a farti scattare? Un po' estremo, non credi?». Non capiva nemmeno perché fosse così arrabbiato con Talon. Dopotutto, era stato Zach a provarci con Claire, allora perché c'era ancora quell'ostilità, anche dopo così tanto tempo?

E perché lei se ne stava lì seduta a pensare quelle domande anziché fargliele e basta? "Scelta consapevole", ricordò a se stessa. Ogni volta doveva fare una scelta consapevole. Le sue dita giocherellarono con l'anello di Talon. «Perché l'hai fatto? Perché gli hai rubato la ragazza?».

All'inizio, pensò che non l'avesse sentita, e stava quasi per ripetere la domanda quando la porta si spalancò. Zach era seduto sul pavimento davanti alla porta, con la schiena appoggiata al letto. Aveva la testa reclinata e le mani posate sulle ginocchia piegate. Sembrava triste, sconfitto.

«Che cosa ti ha detto esattamente di lei?»

«Che era la sua ragazza e che tu ci hai provato con lei di proposito per ferire lui». Zach sollevò la testa di scatto e lei gli lanciò uno sguardo di disapprovazione. «È già abbastanza brutto che tra voi ci sia questa stupida rivalità, ma usare così una ragazza?»

«Senti, non vado orgoglioso di ciò che ho fatto, ma lui sta cercando vendetta e userà qualsiasi arma a sua disposizione per ottenerla. Persino te. Svegliati, Keeley. Pensavo che fossi più intelligente».

«Io? E tu, invece? Che picchi qualcuno solo per la stupida foto di un bacio? Che prendi di mira una ragazza innocente? Questo non è da te, questo non è lo Zach che conosco io. E come mai non ho mai visto la foto di Claire fino all'altra notte?». Non si era mai sentita così lontana da lui come in quel momento. «Che cosa ci è successo?».

Zach sospirò. «Vuoi sapere che cosa ho scritto nel saggio per l'ammissione al college?».

Voleva parlare del college? Adesso? «Che cosa c'entra con noi?»

«Ho scritto del motivo per cui ho iniziato a giocare a football».

«Papà ti ha iscritto. Avevamo sei anni». Era per quello che il suo numero di maglia era sempre stato il sei.

«E ho continuato a giocarci perché avevo bisogno di qualcosa da fare. Nel momento in cui sei diventata amica di Nicky, io non ti servivo più. Hai smesso di venire da me per ogni minimo problema e io mi sentivo... solo. Il football mi ha dato degli amici, qualcosa da fare. Tra l'altro, è saltato fuori anche che ero bravo».

Keeley non aveva mai saputo che si sentisse così. «Non credevo che tu volessi parlare di Barbie e di cose da ragazza, perciò mi rivolgevo a Nicky». E alla fine, per lei era diventato naturale confidarsi con Nicky, anziché con Zach. «Mi dispiace di averti tagliato fuori. Non intendevo farlo».

«Lo so, ma da allora c'è stato un muro tra noi. Parliamo delle cose di tutti i giorni, ma niente di più. Volevo aprirmi con te, soprattutto quando era successa la storia di Claire, ma non sapevo come fare. Forse è per quello che ho cercato di convincerti a venire alla Barnett. Credevo che, se fossimo andati al college insieme, avremmo avuto la possibilità di ricominciare da capo, di tornare a essere almeno un po' uniti come un tempo».

Keeley si sentì in colpa per non essersi resa conto di niente. Era sempre stato suo fratello quello forte e lei aveva sempre supposto che non avesse bisogno di aiuto. Quanto si era sbagliata. «Mi piace la Barnett, ma non faccio domanda perché non mi si addice. Ciò non significa che non possiamo ricostruire il nostro rapporto».

«E come possiamo riuscirci a chilometri di distanza?».

Scelta consapevole. È lì che si tornava sempre. «Sforziamoci di rivolgerci l'uno all'altra quando abbiamo un problema. Avrei potuto dirti subito dello scambio di telefono, ma non l'ho fatto. D'ora in avanti, se succede qualcosa, te lo dirò. E tu farai lo stesso. Basta segreti».

A Zach si sollevarono gli angoli della bocca. «Mi piace». All'improvviso, fece una smorfia, come se si fosse ricordato qualcosa di doloroso. «Dovrei dirti una cosa, si tratta di Talon e Claire. C'è sotto più di quanto ti abbia raccontato lui».

Di più? «Che vuoi dire?»

«Devi chiederlo a lui», replicò. «Ti meriti tutta la verità».

«Perché non me lo puoi dire?»

«Io… io non posso». Frustrato, colpì la porta con il piede. «Lei mi ha chiesto una cosa soltanto, ossia di non rivelare mai a nessuno che cosa è successo. Mi dispiace, ma non infrangerò la promessa, nemmeno con te».

Keeley uscì dalla sua stanza confusa. Di che cosa stava parlando Zach? Tutta la verità. Che altro poteva esserci? Prese il telefono e scrisse a Talon.

Sei libero?

Sì, ho appena finito di festeggiare con i miei.
Sei a casa?

Posso passare a prenderti.

A tra poco allora.

Keeley era in ansia mentre aspettava Talon. Che "verità" avrebbe ascoltato?

Quando suonò il campanello, andò ad aprire. Prima che potesse fare qualsiasi cosa, la sollevò in aria e la fece girare sul posto.

«E quello per cos'era?», gli chiese, quando la mise giù.

«Per festeggiare, bambola», le spiegò con un ampio sorriso che la fece sentire a disagio.

Talon aprì la portiera del passeggero del suo pick-up e la aiutò a salire. Dal momento che si aspettava che lui chiudesse la portiera, Keeley trasalì dallo spavento quando la afferrò per il collo e la attirò a sé per un bacio, appassionato ma veloce. Sorridendo, Talon si ritrasse e chiuse la portiera. Poi, corse attorno al retro del pick-up e salì al posto di guida. Dopo essere uscito dal vialetto, allungò una mano oltre la consolle centrale per prendere quella di lei. «Ho una sorpresa per te».

Era così felice che Keeley esitò prima di tirare fuori l'argomento scottante, ma poi ricordò a se stessa che a Talon piaceva la vera lei. La incoraggiava persino a essere così. «Talon, voglio parlare».

«Lo faremo», la rassicurò lui, stringendole di più la mano. «Ma prima voglio mostrarti una cosa».

Abbassando lo sguardo sulle loro dita intrecciate, replicò piano: «Dobbiamo davvero parlare, Talon».

«Può aspettare. Ho trovato questo stupendo...». Si interruppe quando notò la sua espressione seria. «Che succede?».

Keeley esitò prima di dirgli: «Zach ha detto che dovrei chiederti di Claire e che non mi stai raccontando tutta la storia».

«Non discutiamone adesso», le disse, con una punta di disperazione nella voce. «Ho dei cracker e dei marshmallow. Possiamo farci degli s'mores».

«Voglio saperlo, Talon», replicò, ferma. C'era qualcosa che sia Zach che Talon le stavano nascondendo. Non era giusto. «Ho bisogno di sapere».

Sembrava in guerra con se stesso mentre si mordeva il labbro. Poi assunse un'aria di impetuosa determinazione. Girando il volante, accostò il pick-up sul ciglio della strada e parcheggiò di fianco a una spiaggia.

Che accidenti stava facendo?

Un paio di ardenti occhi blu la fissarono. «Vuoi sapere che cosa è successo? Va bene. Parliamo».

Capitolo 22
Vengo a sapere la verità

Aprì la portiera e marciò dal suo lato; il suo corpo era rigido mentre le teneva aperta la portiera e aspettava che lei scendesse. In silenzio, Keeley seguì Talon che arrancava sulla sabbia diretto al bagnasciuga. La luna illuminava le onde che si infrangevano e le stelle brillavano nel cielo. Sarebbe stato anche romantico, se non fosse che stavano per parlare della sua ex ragazza.

Finalmente Talon si fermò, ma solo quando le onde della marea che si alzava gli lambirono le caviglie. Guardando il mare, cacciò le mani in tasca e curvò le spalle. «Non so bene come dirtelo», iniziò. «Non ho mai voluto che lo sapessi ma, in cuor mio, ho sempre avuto paura che questo momento sarebbe arrivato».

Che cosa aveva tanta paura di rivelarle? Alcuni dei suoi vecchi dubbi risalirono in superficie.

«Mi infilavo sempre nei guai perché ero troppo avventato. Il nonno mi aveva avvertito che un giorno avrei rimpianto il fatto di non fermarmi a pensare prima di agire». Scosse leggermente la testa e fece una risata autoironica. «Dannazione, quanto aveva ragione. Non c'è stato un giorno in cui non abbia desiderato di essermi fermato a pensare dopo aver scoperto di Claire e Zach».

Keeley rabbrividì e si strofinò le braccia. Il movimento attirò l'attenzione di Talon. Senza esitazione, si tolse la camicia e gliela mise sulle spalle.

«Mi sono infuriato così tanto quando li ho sorpresi», proseguì. «Non so che cosa fosse peggio, se il tradimento in sé o il fatto che lei mi tradisse con Zach. La sera che l'ho scoperto, l'ho affrontata e ho preteso di sapere perché avesse fatto una cosa del genere. Credevo che andasse tutto bene, che la nostra relazione fosse grandiosa; allora perché era stata con Zach? Perché mi aveva tradito?». Il dolore nella sua voce aumentava a ogni parola. «Perché io...», si interruppe e premette le labbra. «Perché io non... ero abbastanza?»

«Oh, Talon», mormorò. Ma certo che era abbastanza.

«Non dispiacerti per me», le ringhiò, avanzando nell'acqua. «Non me lo merito».

«Che cosa ti ha risposto quando le hai fatto quelle domande?».

Le spalle di Talon si curvarono persino di più. «Ha detto che ero troppo serio, che non era pronta per quel genere di relazione, e che Zach...». Deglutì a fatica. «Zach la faceva ridere».

«Comunque non è una scusa per quel che ha fatto. Se le sembrava che tra voi non stesse funzionando, avrebbe dovuto parlartene subito e non agire alle tue spalle», dichiarò Keeley, leale.

«Facciamo tutti degli errori», replicò Talon.

«La stai difendendo?», chiese, incredula.

«Capisco perché si sentisse così. Quando uscivamo insieme, stavo ancora soffrendo per la morte del nonno. Le parlavo di quel che provavo e di che cosa stavo passando. Non stavo bene». Talon fece una smorfia. «Aggiungi alla cosa la pressione per il football e...». Fece spallucce, poi calciò l'onda in arrivo, rispedendo una cascata d'acqua nell'oceano. «Diciamo che era il momento perfetto perché Zach ci provasse».

Quando riprese a parlare, la sua voce trasudava rimpianto. «Ho fatto un errore, Keeley, un errore molto grave. E sono terrorizzato all'idea che, quando te lo rivelerò, mi lascerai senza pensarci un attimo».

«Che cosa hai fatto?».

Aggirò di proposito il commento sul fatto che l'avrebbe lasciato.

«Dopo averla affrontata, me ne sono andato con i miei amici», rispose lui. «Siamo andati a casa di Finn e abbiamo iniziato a bere. Stavo andando davvero fuori di testa per quella cosa, continuavo a blaterare su come mi avesse tradito. Dopo avermi lasciato sfogare, Finn è saltato su e ha detto che era un peccato che lei non capisse come ci si sentiva a essere traditi».

Talon fece una pausa e si passò una mano sul viso. «Ricordo il momento esatto in cui mi è venuta l'idea. Stavo tenendo in mano il telefono e guardavo la foto di loro due che si baciavano. Pensai alle altre foto che avevo di lei». Strinse i denti e il muscolo della mascella gli si contrasse. «Foto compromettenti».

Keeley si rese conto di che cosa stesse dicendo. «Tu...?».

Talon abbassò gli occhi a terra, ma non prima che lei vi leggesse la vergogna. «Le ho mandate ai miei amici».

Presto lo sgomento si trasformò in orrore. Quelle foto dovevano essersi diffuse con la velocità di un incendio. Keeley poteva solo immaginare come fosse diventata la vita di Claire; un momento di vulnerabilità si era trasformato in qualcosa di così volgare. Essere traditi dall'unica persona di cui pensavi di poterti fidare.

«Vedi?!», sbottò lui, alzando le mani. «È per questo che non volevo che lo sapessi. Non avrei mai voluto che mi guardassi così», indicò il suo viso, «disgustata».

«Non ti vedo più allo stesso modo. Come potrei?». Quella non era la persona che pensava di conoscere. Capiva che si era sentito sconvolto e ferito per il tradimento, ma umiliare qualcuno di proposito? Era crudele.

«Non credi che io sia pentito?», gridò lui. «Quando mi sono svegliato il mattino dopo, ho cercato di riparare al danno, ma ormai era troppo tardi. Le foto ce le avevano tutti».

«È per questo che si è trasferita?».

Lui annuì. «Circa un mese dopo il fatto, la sua casa è stata messa in vendita. Si è trasferita a un'ora di strada da qui, a nord. Ho cercato di scusarmi, ma lei si è rifiutata di parlarmi». Chiuse gli occhi brevemente. «Non hai idea di quanto vorrei essermi fermato a pensare prima di mandare quelle foto».

«Probabilmente non quanto lo vorrebbe lei», replicò Keeley, che rimpianse di aver pronunciato quelle parole nell'istante stesso in cui le uscirono di bocca. «Non avrei dovuto dirlo». Ma aveva ragione.

Talon si infilò le mani in tasca. «Va bene. Quindi ora sai tutta la storia. È per questo che non tengo più foto sul telefono».

La mente di Keeley lavorava freneticamente per elaborare tutto ciò che aveva saputo. Era consapevole del fatto che lui era dispiaciuto: lo vedeva in ogni parola e in ogni gesto. Ma nonostante ciò, come avrebbe potuto fidarsi di lui? Che altro le stava nascondendo? Di che altro era capace? Essere una testa calda e agire senza pensare era un conto. Ben altro, però, era rovinare la vita di qualcuno. E se avesse rovinato la sua?

Cauta, gli disse: «Mi hai dato parecchio su cui riflettere».

Per qualche secondo, contemplò l'idea di lanciarsi tra le sue braccia e rassicurarlo che sarebbe andato tutto bene, ma la sua coscienza intervenne. «Hai fatto una cosa tremenda, Talon. Hai a tal punto rovinato gli anni del liceo a quella ragazza che è stata costretta a trasferirsi». Per non parlare del futuro. Quelle foto avrebbero potuto seguirla al college, sul lavoro… e, diamine, se i suoi figli le avessero viste?

«Non ti farei mai una cosa del genere», le giurò.

«Lo dici ora…». Voleva credergli, ma… aveva tutta la vita davanti. E se fosse successo qualcosa e lui avesse compromesso i suoi piani? Aveva bisogno di fidarsi della persona con cui stava, non di stare continuamente in allerta.

Talon le prese la mano e se la mise sul petto, tenendola lì insieme alla propria. Sotto il palmo, sentì il suo cuore battere all'impazzata. «Ho imparato la lezione, Keeley. Sono cambiato. So che non mi credi, ed è assolutamente comprensibile, ma per lo meno dammi l'opportunità di dimostrarti che non sono più il ragazzo di un tempo».

I suoi occhi blu la spingevano ad ascoltarlo… a credergli. Se ciò fosse accaduto un mese prima, forse anche solo una settimana prima, l'avrebbe fatto. Ma ora era una ragazza diversa, una che diceva ciò che pensava, che sapeva che cosa doveva fare. Dopo aver fatto un respiro profondo, gli spiegò: «È proprio il fatto che tu un tempo sia stato quel ragazzo che mi preoccupa. Mi sento come se avessi scoperto il tuo vero nome di nuovo».

«Fidati di me», sussurrò lui.

«Mi chiedi di fidarmi ciecamente di te, ma quand'è che tu ti fiderai di me? Quando mi dirai davvero la verità?».

Un'ombra gli oscurò il viso. «Quando saprò che non mi lascerai».

«Questa non è una relazione, Talon. Tenere dei segreti non fa altro che minare ciò che abbiamo costruito».

«Sinceramente, se tu avessi saputo tutto dall'inizio, mi avresti dato un'occasione?».

L'esitazione le si dipinse sul viso.

«Esattamente! Non vedi?». La prese per le spalle. «Stavo concedendo del tempo a noi due perché potessimo metterci sulla stessa lunghezza d'onda, perché potessimo costruire le fondamenta, così la nostra storia sarebbe sopravvissuta ai segreti».

«Ti stai dimenticando una cosa, Talon». Keeley ridusse gli occhi a due fessure e fece un respiro profondo, cercando di non perdere il coraggio. «Non me l'avresti mai detto, Talon. Mai», ripeté. «Se non ti avessi obbligato a farlo, mi avresti volentieri lasciata all'oscuro».

«Perché dovrei volere che una ragazza di cui mi importa sappia il mio segreto più oscuro? Quello di cui mi vergogno di più?».

La furia trasparì dalla voce di Keeley. «Me lo dici perché è la cosa giusta da fare, perché siamo sullo stesso piano. Tu non hai alcun diritto di decidere che cosa è giusto o sbagliato in questa relazione». I suoi occhi marroni si animarono. «Sono coinvolta anche io, e dovrei avere la possibilità di scegliere».

«Ho fatto quel che credevo fosse meglio», riuscì a dire. «Ho fatto degli errori, ora lo capisco. Anche se lo vorrei, non posso cambiare il passato».

«E che mi dici del futuro? Come so che non ti comporterai allo stesso modo la prossima volta?»

«Oh, quindi adesso c'è la possibilità che stiamo insieme?».

Il tono sarcastico di Talon ruppe qualcosa dentro Keeley, che si affannò per correre ai ripari. Ma ormai era troppo tardi. Lacrime affiorarono nei suoi occhi e lentamente iniziarono a scorrerle sul viso.

Talon appoggiò la fronte alla sua, asciugandole dolcemente le lacrime con il pollice. «Mi dispiace, bambola. Mi dispiace così tanto», sussurrò. «Ti prego, non piangere». Le sue labbra seguirono il percorso del suo pollice, posandole dei baci leggeri sulla guancia.

«Sono solo così confusa», gli disse lei. «A volte mi sembra di uscire con due ragazzi diversi».

«Sono solamente io», replicò lui.

Keeley si asciugò le ultime lacrime e alzò la testa. «Ma non è così. Qualche volta sei Talon, altre volte JT. Quando sei Talon, sei dolce e divertente; ma ogni tanto scorgo JT e non so come conciliare le due cose». Pensava che JT fosse una maschera e che Talon fosse il vero lui, ma se non fosse stato così? «Io non mi fido di JT».

Le narici di Talon si dilatarono. «E allora? La finiamo qui? Decidi che non ti piace un aspetto del mio carattere e mi molli? Non hai intenzione di fare nemmeno un tentativo?».

A Keeley bruciarono gli occhi quando distolse lo sguardo e sussurrò: «Non so se mi va».

La sua ammissione rimase sospesa nell'aria. Riusciva solo a sentire il suono del suo respiro.

«Se tu ora mi dici che non c'è nemmeno una possibilità che noi stiamo insieme, allora mi faccio da parte. Non ti disturbo più. Ma se senti che abbiamo anche solo una minima chance, allora combatterò con tutte le mie forze per dimostrarti che ti puoi fidare di me».

Con il college alle porte e tutti i cambiamenti che stavano avvenendo attorno a lei, aveva bisogno di sentirsi al sicuro in una relazione. E con Talon non si sentiva più così. «Mi dispiace».

Keeley vide il dolore attraversargli il viso quando chiuse gli occhi. Tuttavia, quando li riaprì, si allontanò da lei e con voce incolore disse: «Ti porto a casa».

Il viaggio di ritorno durò secoli. Si sarebbe sentita meglio se lui avesse mostrato qualche genere di emozione, ma in quel momento non riusciva a leggere nel suo cuore. Sembrava che i suoi sentimenti fossero racchiusi dentro un guscio protettivo.

Quando raggiunsero il vialetto di casa, ormai Keeley non vedeva l'ora di scendere. Aveva la portiera già mezzo aperta prima ancora che lui parcheggiasse del tutto.

«Aspetta», le disse. «Hai...».

Keeley indossava ancora la sua camicia. «Oh, probabilmente la rivuoi, eh?», gli chiese. Scivolò fuori dal morbido tessuto e gliela restituì.

«Grazie, ma a dire il vero stavo parlando dell'anello».

Le dita di Keeley armeggiarono con la chiusura della catenina. Il suo cuore si fermò nell'istante in cui gli restituì l'emblema di ciò che avevano perso.

«Vuoi anche il ciondolo?»

«No», sussurrò lui. «È un regalo».

Keeley gli fece un sorriso triste e scese dal pick-up. Mentre lui si allontanava, Keeley sollevò una mano e sussurrò: «Addio, Talon».

Capitolo 23
Non voglio stare sola

Il ballo della scuola alla Edgewood si stava avvicinando in fretta; il corpo studentesco era in fermento. Tutti spettegolavano su chi andava con chi e su che cosa avrebbe indossato. Per lo più, Keeley si limitò a ignorarli ma, di tanto in tanto, un commento randagio si faceva strada fino a lei. In quei rari momenti, si concedeva di immaginare come sarebbe stato andare al ballo con Talon, cosa che ormai non avrebbe più potuto fare.

Quando suonò la campanella del pranzo, trovò Nicky seduta a uno dei tavoli della mensa. «Ne ho così piene le scatole di sentire parlare del ballo», disse. «Non vedo l'ora del nostro fine settimana per sole ragazze». Keeley e Nicky avevano in programma di passare tutto il weekend insieme; sarebbero andate al bowling, al cinema, avrebbero fatto dei pigiama party e si sarebbero coccolate.

Uno sguardo esitante. «A proposito di quello…».

Keeley si sentì invadere dal terrore. "Fa' che non sia quello che credo", pensò. Non voleva passare da sola il fine settimana del ballo, quest'anno meno che mai.

«Ti ricordi di Ben, il tipo che fa cross-country per

cui avevo una cotta? Be', mi ha fermata dopo inglese e mi ha chiesto di andare al ballo con lui».

A Keeley lo stomaco andò sottosopra. «Ci andrai?»

«So che abbiamo già organizzato tutto, ma...». Implorò silenziosamente la comprensione di Keeley. «È l'ultimo anno, il nostro ultimo ballo della scuola. Ci voglio proprio andare».

Keeley la capiva, provava la stessa cosa. Era impazzita pure lei all'idea di andarci con Talon, anche se era il nemico numero uno della scuola; si era immaginata mentre entrava al ballo con lui al braccio: avrebbero scatenato un putiferio.

«Ha un amico che ancora è libero. Potremmo fare un'uscita a quattro», suggerì Nicky, speranzosa. «Sarebbe divertente! Potremmo andare a comprare il vestito insieme, farci i capelli e il trucco. E Ben e il suo gruppo di amici affitteranno una limousine. Pagano tutto loro».

Sarebbe stato divertente prepararsi insieme, ma il resto? No. Non riusciva a pensare di andare a quel ballo con qualcuno che non fosse Talon. «Grazie, ma non penso di riuscirci. Tra l'altro, non sarei di gran compagnia». Ultimamente si sentiva vuota dentro, come se mancasse un pezzo della sua vita.

Nicky si alzò. «Non voglio che tu te ne stia a casa ad avvilirti. Dirò a Ben che non vado e basta».

Prese il braccio di Nicky e la obbligò a sedersi. «Non farlo, vai al ballo con lui».

«Sei sicura?».

L'entusiasmo negli occhi di Nicky era la prova che

aveva preso la decisione giusta. «Io starò bene. Probabilmente mi farò una maratona di una serie su Netflix».

Piluccò il cibo, ma non aveva molto appetito. Quando Keeley si dimenticava che non stavano più insieme, era la parte peggiore della loro rottura. Come in quei momenti in cui, appena sveglia, prendeva automaticamente il telefono aspettandosi un messaggio di Talon e poi si ricordava che cosa era successo. Le sembrava che ogni volta si stessero lasciando di nuovo. «So che sono io che l'ho lasciato, ma mi manca. E tanto anche».

«Hai preso la decisione giusta, non puoi stare con qualcuno così».

«Ciò non mi impedisce di sentirne la mancanza. Quando vado a letto, mi ritrovo a rileggere i nostri messaggi». Vedeva come si era evoluta la loro relazione: si erano aperti e avevano iniziato a fidarsi l'uno dell'altra.

«Cancella quei messaggi. Dannazione, cancella il suo numero. Dacci un taglio netto, così puoi voltare pagina più in fretta».

Nicky la faceva tanto facile, ma non lo era. Keeley non era pronta a lasciarsi tutto alle spalle; le piaceva il cambiamento che Talon aveva provocato in lei. E se quel cambiamento fosse scomparso ora che Talon non faceva più parte della sua vita? Chi l'avrebbe obbligata ad assumersi le proprie responsabilità? Era l'unico che vedeva le differenze.

Gavin si avvicinò nervosamente al loro tavolo, continuando a lanciarsi delle occhiate alle spalle, come se non volesse essere visto.

«Keeley, possiamo parlare? In privato?»

«Se la cosa riguarda Talon, non ho niente da dirti. Ancora non ci credo che siete parenti».

«Per favore?», la implorò. «Solo un paio di minuti».

Con riluttanza, acconsentì. Che aveva da perdere? Lo seguì dentro una classe vuota e si sedette a un banco.

Gavin giunse le mani, quasi come se si stesse preparando a tenere un discorso. «So che non vuoi sentire parlare di JT, ma penso che dovresti sapere che ci tiene davvero a te».

«Non è quello il punto». Sapeva che i sentimenti di Talon per lei erano sinceri, cosa che rendeva tutto più difficile.

«Si sente ancora molto in colpa per ciò che ha fatto a Claire; non ne parla, ma ora è diverso».

L'affermazione catturò l'attenzione di Keeley. «Che intendi?»

«Quando ha scoperto di Zach e Claire, era arrabbiato, instabile persino, ma dopo che ha mandato le foto...». Fece una smorfia come se provasse dolore. «Si è rassegnato, come se essere uno stronzo fosse semplicemente il suo destino. C'è un'enorme differenza tra il ragazzo che era quando si è trasferito qui, e il ragazzo che è ora. Quando voi due avete cominciato a uscire, mi sembrava di riavere il vecchio Talon. Non giudicarlo sulla base di un errore commesso in passato».

Nessuno meglio di Keeley sapeva che cosa volesse dire sforzarsi di cambiare, tuttavia... «Non si può semplicemente nascondere la polvere sotto il tappeto e fingere che non ci sia. Ha fatto quel che ha fatto, ma non è solo quello il problema. È l'aver mandato le foto che mi fa preoccupare, tanto per cominciare. So che era sconvolto, ma ha sbagliato».

«Non sei mai stata così arrabbiata da fare qualcosa che non intendevi fare?», ribatté Gavin, con gli occhi lampeggianti.

«Ma non ho mai dato seguito alla cosa. E questo fa un'enorme differenza». Non poteva continuare a discutere con lui della questione. Si torturava già abbastanza da sola. «Gavin, apprezzo ciò che stai cercando di fare, ma è finita».

«Ma lui ha cercato di risolvere la situazione! Ha cercato di obbligare le persone a smettere di inviare le foto. Non conta proprio per niente?».

Contava, ma non cambiava la realtà dei fatti. Quelle foto erano ancora là fuori, la vita di quella ragazza rimaneva comunque rovinata.

«Pensa solo a quel che ti ho detto, okay?». Gavin era quasi fuori dalla porta quando si fermò. Voltandosi, la guardò imbarazzato. «Un'ultima domanda... Hai intenzione di dire a Zach di me? Del fatto che sono parente di Talon e che l'ho aiutato con lo scherzo?».

Era proprio una bella domanda. Una domanda per la quale non aveva una risposta. Si rese conto di che inferno avrebbe passato Gavin se la squadra di football avesse scoperto la verità, ma, al contempo, si ricordò della promessa che aveva fatto a Zach. Basta segreti. Valutò le sue opzioni; in fin dei conti, però, il suo rapporto con Zach era più importante. «Devo dirglielo. Mi dispiace, Gavin».

Gavin incurvò le spalle. «L'avevo immaginato. Vabbè».

Quando Keeley si risedette al tavolo, Nicky le chiese: «Che cosa voleva?»

«Cercare di farmi tornare con Talon».

«Spero che tu gli abbia detto di no».

«Ovvio». Ma certe parole di Gavin l'avevano davvero colpita. Quando una persona si merita di essere perdonata? Loro due si sarebbero potuti perdonare? Ma anche se avesse perdonato Talon, si sarebbe potuta fidare ancora di lui?

Capitolo 24
Ricevo una sorpresa

Era la sera del ballo della scuola. Keeley si trovava sul divano a mangiare gelato quando suonò il campanello. Probabilmente si trattava di Zach che aveva le mani troppo occupate per aprire la porta, visto che era andato al ristorante cinese dietro l'angolo a prendere la loro cena. Quando aveva scoperto che se ne sarebbe rimasta a casa tutta sola, aveva dato buca alla sua accompagnatrice e aveva insistito per passare la serata con lei. Keeley mise velocemente in pausa la serie per aprirgli la porta.

«Claire», sussurrò, riconoscendo la ragazza nella foto di Zach; aveva ancora gli stessi lineamenti delicati e gli stessi capelli lisci e setosi.

La sorpresa le si doveva leggere in faccia. «Sai chi sono».

«Ho sentito parlare di te».

Claire sussultò, ma Keeley non se ne sarebbe resa conto se non fosse che la stava osservando attentamente. «Capisco», mormorò e Keeley ebbe la sensazione che fosse davvero così, che Claire avesse capito tutto il quadro complicato della situazione. Ci fu qualche momento di imbarazzo prima che lei chiedesse: «Posso entrare?».

La mano di Keeley strinse forte la maniglia. «Zach non c'è».

Stavolta il sussulto fu tutto meno che impercettibile: Claire si piegò all'indietro come se qualcuno l'avesse colpita. «Lo so, l'ho visto uscire».

"Allora dev'essere qui per parlare con me", pensò Keeley, mentre studiava Claire. Non c'erano dubbi sul fatto che fosse carina, ma non era bellissima come molte delle ragazze con cui usciva suo fratello. A ogni modo, c'era qualcosa in lei che obbligava una persona a fermarsi e guardarla meglio. Keeley non riusciva ad afferrare cosa, ma qualunque cosa fosse, si irradiava da dentro di lei.

Keeley si fece da parte per farla entrare. «Posso offrirti qualcosa? Dell'acqua? Una bibita? Del succo?», le chiese mentre la faceva accomodare in soggiorno. Tucker stava loro alle calcagna.

Claire fece correre una mano sul maglione, lisciando qualche piega invisibile. «No, grazie. Ho bevuto dell'acqua venendo qui».

A Keeley sembrò insolito il fatto che si stessero comportando da adulte; chiaramente erano entrambe nervose e stavano cercando di nasconderlo dietro le buone maniere. Si sedette sul divano e Claire scelse la poltrona di fronte. Si lisciò di nuovo il maglione mentre i suoi occhi sfrecciavano per tutta la stanza. Keeley se ne stette lì seduta paziente, determinata a lasciare che fosse Claire a parlare per prima e a stabilire il tono della conversazione. Dopotutto, era stata lei a presentarsi a casa loro senza preavviso: era il suo spettacolo.

«Sai, mi sono sempre chiesta come fosse l'interno di casa vostra», disse finalmente Claire.

«Zach non ti ha mai portata qui?».

Assunse un'espressione assorta. «Voleva sempre che ci vedessimo da qualche altra parte. Gli ho chiesto una volta se potessimo venire qui perché volevo conoscerti, ma mi ha risposto che non era ancora pronto a condividermi con nessuno».

«La cosa non mi sorprende», replicò Keeley, sfregandosi le mani sudate sulla maglietta. «Non è mai stato bravo a condividere le cose».

«Già», disse Claire piano.

Quando non aggiunse altro, Keeley chiese: «Quindi volevi conoscermi quando tu...». Come poteva definire esattamente quel che faceva all'epoca? Uscire con Zach? Tenere il piede in due scarpe?

Gli occhi di Claire, di una tonalità color miele scuro, lampeggiarono. «Parlava sempre di te, volevo che fossimo amiche». Distolse lo sguardo, il suo corpo si irrigidì. «Ma suppongo che ormai sia troppo tardi».

La conversazione era tanto imbarazzante quanto Keeley si era aspettata. Giocò con i fiocchi del cuscino, domandandosi che cosa dire. "Scelta consapevole", si ricordò. "Sii coraggiosa". «Claire, perché sei venuta qui? Per parlare di Zach? Di Talon? O di entrambi?».

Lei rimase tanto a lungo in silenzio che Keeley si chiese se avrebbe spiccicato parola; ma poi espirò profondamente e deglutì sonoramente. «Sono sicura che ormai tu sappia che cosa è successo tra me, tuo fratello e JT. Da queste parti non è un segreto».

Il dolore scolpito sul volto di Claire fece smuovere qualcosa in Keeley. «La notizia non si è diffusa tanto come credi», le assicurò. «Non sapevo nemmeno che fosse successo fino a poco tempo fa».

Lo sguardo di gratitudine di Claire le fece cambiare atteggiamento. Chiaramente quella ragazza aveva sofferto parecchio. Lo dimostrava non solo la sua espressione, ma anche il suo modo di vestire: indossava un maglione extra large, jeans larghi e scarpe da corsa. Le uniche parti del suo corpo scoperte erano le mani, il collo e la faccia, come se non volesse che la gente la vedesse.

«Ho cercato di dimenticare l'accaduto e andare avanti con la mia vita». Claire abbassò la testa per fissare il pavimento. «Ma qualcosa salta sempre fuori e tutto ritorna a galla. Può essere una foto, un pettegolezzo o semplicemente il fatto che mi imbatta in qualcuno di queste parti». La sua mano tremava quando la sollevò per togliersi i capelli dagli occhi.

Era chiaro che ne aveva passate tante. «Mi dispiace molto», sussurrò Keeley. «Non riesco nemmeno a immaginare come dev'essere stato».

Tucker si avvicinò a Claire e le mise il muso in grembo. Il viso della ragazza si addolcì e lei si mise ad accarezzarlo. «Me ne stavo sempre sveglia di notte a pensare a che cosa avrei fatto se mi fossi mai trovata di nuovo faccia a faccia con JT. Pensavo che gli avrei urlato contro, che l'avrei insultato in ogni modo possibile e immaginabile, che gli avrei tirato un pugno in faccia e che gli avrei persino rubato la sua scorta di marshmallow». Diede un'ultima grattatina a Tucker dietro le orecchie prima di raddrizzarsi di nuovo. «Ma a dire il vero, quando è venuto a casa mia due giorni fa, non ho fatto niente di tutto ciò».

Keeley sentì una stretta allo stomaco. «L'hai visto?»

«All'inizio non volevo. Ma poi mi sono resa conto che dovevo farlo, per voltare davvero pagina».

Perché Talon era stato da Claire? E perché dopo lei era venuta lì? Nella mente di Keeley vorticava un sacco di domande.

«Abbiamo parlato di me, di lui e di tuo fratello». Sollevò lo sguardo. «E di te. Mi sono tolta diversi sassolini dalla scarpa e mi sono accorta che, tutte quelle notti in cui me ne stavo sveglia, non volevo un'occasione per urlargli contro, ma semplicemente per lasciarmi alle spalle tutto quanto. Ero vittima di un circolo vizioso infinito di odio nei suoi confronti e nei confronti di me stessa. Ed è stato soltanto quando l'ho visto che ho capito che, per andare avanti, avrei dovuto perdonarlo».

Buon per Claire, e per Talon, ma Keeley era ancora confusa. «E io che cosa c'entro in tutto ciò?»

«JT mi ha raccontato di averti tenuta all'oscuro di tutto per gran parte della vostra relazione».

«Diciamo per tutta la durata della nostra relazione», la corresse Keeley.

«Siamo stati insieme per quattro ore e per la metà del tempo abbiamo parlato di te. Non entrerò nei dettagli, ma mi ha raccontato come vi siete conosciuti, del fatto che si è innamorato di te, del tempo che avete trascorso insieme alla Barnett e persino del vostro primo appuntamento. È stato un po' maleducato, tenuto conto che sono la sua ex», fece una risatina, «ma, a dire il vero, non mi ha dato molto fastidio, specialmente quando ho saputo di tutte le volte che l'hai rimesso al suo posto».

Le labbra di Keeley fremettero; si era divertita tantissimo a dargli il tormento.

«Sono venuta qui oggi per dirti che JT è cambiato, che non è più il ragazzo di tre anni fa».

Il sorriso di Keeley svanì. «Ti ha chiesto lui di venire qui a parlarmi?»

«Nemmeno lo sa. Ho fatto pace con JT, si è scusato per ciò che ha fatto e mi ha detto quanto fosse dispiaciuto. Gli credo».

Claire si piegò in avanti sulla poltrona, con un'espressione sincera. «Capisco perché tu abbia rotto con lui, l'avrei fatto anche io, ma ora che sai il peggio di lui e che si gioca a carte scoperte, non puoi proprio perdonarlo?»

«Dopo quel che ha fatto a te e il modo in cui ha usato me...».

«Lo so», disse piano Claire e guardò brevemente una foto di Zach appesa al muro. «Sono un'esperta in fatto di ragazzi che ti usano, ma JT ci tiene davvero a te».

«Ma teneva davvero anche a te, e guarda che cosa è successo».

«Ha fatto un errore... un errore stupido, idiota, spinto dalla rabbia. Non sto dicendo che sia giusto, ma che penso che abbia imparato la lezione». Si mise una mano sul cuore. «Da ragazza che ha fatto un sacco di errori in prima persona, ti sto dicendo che JT è cambiato».

La mente di Keeley lavorava senza tregua. «Devo essere sincera, non sei come mi aspettavo».

Claire buttò all'indietro la testa e rise. «Lo prendo come un complimento».

«Posso farti una domanda personale?». Keeley pregò che non si offendesse troppo.

Claire tornò seria. «Accomodati».

«Perché non hai lasciato Talon quando hai iniziato a provare qualcosa per mio fratello?». Se lo chiedeva da molto tempo.

Claire guardò fuori dalla finestra e gli angoli della bocca le si piegarono all'ingiù. «Sai, me lo sono chiesta anche io. Mi sarei risparmiata un bel po' di dolore se avessi agito così». Strinse i pugni sulle ginocchia. «Mi dicevo che rimanendo con JT, gli facevo un favore. Era parecchio sconvolto per il trasferimento e per la morte di suo nonno, perciò mi sono convinta che rompere con lui l'avrebbe fatto soffrire ancora di più. La verità, invece, è che sono rimasta con lui perché ero insicura».

«In che senso?», chiese Keeley.

«Non sono mai stata il genere di ragazza con cui i ragazzi ci provano, specialmente allora. Alle medie, portavo un apparecchio orrendo e gli occhiali...». Rabbrividì. «Era tremendo. Il primo anno di superiori, ho iniziato a portare le lenti a contatto e mi hanno tolto l'apparecchio. All'improvviso, era me che i ragazzi guardavano, e non piacevo a uno qualsiasi, ma a JT. Lui ha sbaragliato tutta la concorrenza».

Keeley strinse i denti. Sentire parlare di loro due insieme era più difficile di quanto non si fosse aspettata, ma capiva che cosa intendesse Claire e quanto Talon potesse farti sentire speciale.

«Quando mi ha chiesto di essere la sua ragazza, non riuscivo a crederci. Con tutte le ragazze che gli ronzavano attorno, aveva scelto me. All'inizio andava tutto bene, ma poi le altre hanno cominciato a diventare più aggressive, facevano di tutto pur di provare ad attirare la sua attenzione».

Keeley non ne aveva idea, perché avevano passato la maggior parte della loro storia a nascondersi per non essere scoperti da Zach.

«Mi sono sentita in dovere di fare qualcosa di estremo per mantenere vivo il suo interesse, perciò gli ho inviato quelle foto». Claire sospirò. «Il più grande errore della mia vita. Dopo averle mandate, mi sono sentita... sporca. Tutti credono che quel genere di cose ti faccia avvicinare, ma per noi è stato il contrario. Mi sono allontanata da lui ed è stato allora che ho conosciuto tuo fratello. Era la mia occasione per ricominciare da capo, un modo per sfuggire a JT e alla realtà di quelle foto tremende. Ma sono stata un'egoista a stare con JT e contemporaneamente a uscire con Zach».

Claire si passò una mano tra i capelli, spostandoli da dietro l'orecchio in modo che le ricadessero sul viso. «È vero che JT mi ha fatta soffrire, ma anche io ho fatto stare male lui. È per questo che sono qui, per cercare di riparare al fatto di averlo tradito».

Keeley inspirò profondamente. Non sapeva se ciò che aveva appena detto Claire cambiasse qualcosa, ma apprezzava il gesto, perché le aveva dato molto su cui riflettere.

Claire appoggiò le mani sulle ginocchia e, facendo leva, si alzò. «Meglio che vada. Grazie per essermi stata a sentire».

Quando Keeley la accompagnò alla porta, Claire le consegnò una busta bianca con una grossa protuberanza in un angolo. «Oh, prima che mi dimentichi, puoi dare questa a tuo fratello?».

Keeley prese la busta, ma non sbirciò dentro. Sapeva già che conteneva l'anello della scuola di Zach. «Perché glielo restituisci proprio ora?». Claire se l'era tenuto per quasi tre anni.

«Penso di essermelo tenuto per non dimenticare le scelte sbagliate che ho fatto. Perdonare JT, però, mi ha fatto capire che devo perdonare anche me stessa». Claire fece una pausa, con la mano che indugiava sulla maniglia. «Buona fortuna, Keeley».

Keeley tornò al divano e ci sprofondò, cercando di assimilare quanto le aveva appena detto Claire. Talon era davvero cambiato? Poteva fidarsi completamente di lui? Dopotutto, Claire, la ragazza che aveva ferito di più, l'aveva perdonato. Significava che poteva riuscirci anche lei? Era ancora nella stessa posizione quando Zach finalmente rientrò.

«Sono tornato», urlò, lanciando le chiavi sul tavolo della sala da pranzo e mettendo le borse piene di cibo cinese sul tavolino da caffè davanti a Keeley. «Non puoi immaginare quanto fosse lunga la fila». Estrasse i contenitori e li aprì. «Puoi prendere i piatti, Keels?».

Lei strinse la busta in mano, desiderava quasi che Claire si fosse tenuta l'anello. Quella lettera avrebbe riacceso in Zach dei brutti ricordi, e lei non era sicura che lui fosse pronto a rivangarli.

«Keels?».

Con la busta stretta tra le mani, Keeley cominciò ad agitare la gamba. «Zach, ehm... Io... Be'... tieni». Gli mise in grembo la lettera.

«Che cos'è?», chiese lui, sollevandola.

«Qualcosa per te». Quando lui la guardò con gli occhi ridotti a fessure, gli disse: «Aprila e basta».

«Ti stai comportando in modo strano», mormorò lui, ma fece come gli aveva ordinato. Impallidì quando vide che cosa c'era dentro e il suo sguardo penetrante si spostò su di lei, inchiodandola al suo posto. «Come l'hai avuta?», le chiese.

«Claire è passata mentre eri fuori».

«È stata qui? Che cosa ha detto?». L'entusiasmo sul suo volto quasi le spezzò il cuore.

Keeley esitò, incerta su cosa dire. «Voleva parlarmi di Talon e voleva che ti dessi la busta».

Zach capì. «Sta voltando pagina», disse, sbattendo forte le palpebre. «Questo è il suo addio».

Keeley si alzò in piedi e abbracciò il suo gemello. Gli massaggiò la schiena mentre il suo respiro si spezzava, e ogni espirazione era gravata dall'emozione. «Forse è una cosa positiva, ora anche tu puoi voltare pagina».

«Non riesco a togliermela dalla testa. Non ti è mai piaciuto qualcuno così tanto che, quando lo fai sorridere o ridere, ti senti il re del mondo? È questo che provo per Claire, e un sentimento del genere non svanisce, ma si radica e non ti abbandona mai».

«Sì», replicò Keeley tristemente. «So esattamente quel che intendi».

Capitolo 25
Faccio un salto nel buio

Le dita di Keeley tamburellavano sul tavolo mentre fissava la porta della biblioteca in attesa di Gavin. Ma quanto ci metteva ad arrivare? Era mezz'ora che lo aspettava pazientemente e la campanella della prima ora ormai stava per suonare. Il tempo stava scadendo.

«Sei sicura di volerlo fare?», chiese Nicky.

«Assolutamente», dichiarò lei. Sapeva che Nicky non era d'accordo, ma ne aveva piene le scatole di preoccuparsi di quel che pensavano gli altri. Credeva alle parole di Claire: Talon era cambiato e anche lei era cambiata. Keeley ancora non sapeva che cosa fare dopo il liceo, ma sapeva che cosa voleva in quel momento: che Talon facesse parte della sua vita.

Keeley scosse la testa e tornò a fissare la porta. Si stava innervosendo. Accidenti, ma chi voleva prendere in giro? Era molto più che nervosa, era quasi preoccupata ormai. Tutto il suo piano si basava su questo. Se lui non fosse stato al gioco? La porta della biblioteca si aprì e Gavin apparve.

«Hai il suo telefono?», chiese Keeley.

Gavin si abbassò il cappuccio e la fissò per un paio di secondi, prima di dirle: «Voglio che sia messo a verbale che questa cosa non mi piace, neanche un po'».

«Non sei stato tu a dirmi che dovevo fare pace con lui?». Si ricordò di quando Talon le aveva raccontato della cugina che giocava a football. Keeley aveva detto che non pensava di poter fare qualcosa di così grandioso, ma lui aveva replicato che bastava che fosse importante per lei. Be', lo era. Gli stava mostrando ciò che provava veramente e sperava che anche lui provasse le stesse cose.

«Sì, ma credevo che ti saresti limitata a parlargli, non mi aspettavo questo». Le passò il telefono. Le sembrava che fosse passata una vita dall'ultima volta che l'aveva tenuto in mano, quando ancora Talon era solo Talon, una voce misteriosa dall'altro capo del filo.

«Come hai fatto a prenderlo?», gli chiese.

«Ho fatto finta di essermi dimenticato un libro a casa sua e sono corso da lui stamattina. Mi ha quasi sorpreso a rovistare tra la sua roba. Per fortuna che sua mamma ci ha chiamati di sotto. Ancora non capisco come questo possa farvi ritornare insieme», disse Gavin.

«Lo vedrai». Prima di dare a Gavin il suo telefono la sera precedente, aveva modificato un paio di impostazioni. Ogni volta che Talon lo avrebbe usato, si sarebbe costantemente ricordato di lei. Gli sarebbero apparse foto di loro due sullo sfondo, sarebbero partiti dei promemoria contenenti battute che solo loro conoscevano e messaggi affettuosi, oppure delle suonerie con un significato speciale. Con un po' di fortuna, il suo telefono avrebbe mostrato a Talon che cosa si stava perdendo.

Nicky la osservò. «Vuoi dare un'occhiata ai suoi messaggi? Vedere se ha altri segreti?»

«Mi ha detto che non ha niente da nascondere e gli credo».

«Sei sicura?»

«Assolutamente».

Keeley sospirò. Talon ancora non le aveva scritto e a lei cominciava a salire l'ansia. Era già l'ultima ora. Aveva impostato venticinque promemoria, ed era impossibile che lui riuscisse a eliminarli senza la password. E lui non ce l'aveva. Ormai avrebbe già dovuto ricevere un messaggio vocale o *qualcosa*. Aveva aspettato troppo? Non aveva speranze di tornare con lui?

No, non poteva crederci, non se aveva letto i messaggi che aveva scritto in quei promemoria. Keeley ci aveva messo il cuore in quelle parole, la notte precedente, aveva passato ore a scriverle e riscriverle finché non erano state perfette. Non era mai stata tanto sincera in vita sua. Una pallina di carta la colpì in fronte. «Che?», mimò con le labbra a Nicky. Subito guardò la signora Miller che, però, era intenta a scrivere alla lavagna.

«Si è illuminato», mimò di rimando Nicky, indicando le ginocchia dell'amica. Keeley abbassò nervosamente lo sguardo sul telefono senza farsi vedere. Era lui finalmente?

Talon: "Che diamine c'entra 'Mi piaci'? Perché ho il tuo numero registrato come 'Keeley è fantastica'?"

Maledizione! Che cosa hai fatto al mio "Keeley è fantastica?"

Voleva ridere, ma strinse le labbra, trattenendo la risata. Sembrava che il suo scherzo stesse funzionando: aveva cambiato le impostazioni del suo telefono e della tastiera così, ogni volta che lui scriveva una certa parola o frase, il telefono si correggeva in automatico in base a quel che aveva programmato lei. Il suo nome si modificava in "mi piaci", e "telefono" in "Keeley è fantastica".

Oh. Grazie! E non c'è bisogno di agitarsi,
Lo so già quanto sono fantastica. ;)

No! Non sta succedendo davvero.
Rivoglio indietro il mio "Keeley è fantastica".

Be', se insisti…

"Mi piaci!" non è divertente.
Cambia subito questa cosa.

Lo so! I sentimenti e le emozioni non sono per niente divertenti. Devono essere presi molto sul serio, motivo per cui prendo a cuore la tua confessione.

"Sei la ragazza più bella che io abbia mai incontrato!".

Keeley faticava a stare seria. Sapeva che avrebbe usato la parola "impossibile".

Mi stai facendo arrossire.

Quelle sono parole TUE, non mie.

Non so di che cosa tu stia parlando.
Tutto quel che so è che il ragazzo che mi piace continua a farmi dei complimenti.

"Mi piaci...".

Anche tu mi piaci...

Keeley si lasciò ricadere il telefono sulle ginocchia quando la signora Miller le passò accanto. Stava restituendo i saggi d'ammissione che avevano scritto, corretti.

In cima al foglio di Keeley c'era un 10+ bello grosso e, a margine, la signora Miller aveva scarabocchiato: "Hai unito benissimo le due cose".

Keeley aveva scritto quel saggio facendo la scelta consapevole di affrontare le proprie paure, concedendo a se stessa la possibilità di voltare pagina.

«Quanto hai preso?», chiese Zach, voltandosi. Keeley gli mostrò orgogliosa il foglio e suo fratello fischiò, colpito. «Io ho preso solo 10 meno».

«Ho preso più di te?». Era scioccata, non era mai successo prima. Non vedeva l'ora di mostrare il saggio ai suoi genitori. Accidenti, forse l'avrebbe persino incollato al frigo.

Mentre la signora Miller continuava a distribuire i compiti, Keeley sbirciò il telefono di nuovo.

Perché hai fatto questa cosa? Hai rotto con me, ricordi?

Ho saputo che sei andato a parlare con Claire. Credo che tu sia stato molto coraggioso ad assumerti le responsabilità dei tuoi errori.

Non l'ho fatto per te.

È questo che gli dà un significato.

Che stai cercando di dirmi?

Penso che valga la pena combattere per la nostra storia.

Come faccio a sapere che non cambierai idea e mi lascerai di nuovo?

Keeley pensò a quando, sulla spiaggia, aveva saputo di Talon e Claire.

Hai paura, non ti vuoi fidare, lo capisco.

No, invece.

Sì, invece. Ho rotto con te per lo stesso motivo, e ti ricordi che cosa mi hai chiesto? Di fidarmi di te. Ti chiedo la stessa cosa.

Perché dovrei darti la mia fiducia quando tu ti sei rifiutata di farlo?

Be', accidenti, bella domanda. Ma non c'erano mai garanzie… per niente. Ciò non significava che non valesse la pena provare.

Siamo sull'orlo di un precipizio, Talon.
O facciamo un salto nel buio e proviamo a raggiungere l'altra parte, o ci allontaniamo e perdiamo quel che abbiamo.

Non hai sentito dire che più arrivi in alto, più ti fai male quando cadi?

È un rischio che sono disposta a correre.
Non so che altro fare o dire per convincerti che stavolta sono pronta a dare il cento per cento, Talon.

Dici sul serio?

C'era una foto insieme al messaggio. Era uno screenshot di uno dei suoi messaggi: una poesia, la primissima che avesse mai cercato di scrivere. Forse non era granché, ma riassumeva tutto ciò che provava.

Quando pronuncio quelle due parole, mi sento viva dentro, non posso nascondere un sentimento che è un portento.
Quando pronuncio quelle due parole, un sorriso appare sul mio viso, è una reazione immediata, senza alcun preavviso.
Quando pronuncio quelle due parole, i miei problemi svaniscono, la mia giornata si illumina e le nubi spariscono.
Quando pronuncio quelle due parole, voglio che tu ci sia, perché, grazie a quelle parole, i tuoi dubbi devono volare via.

Si sentì invadere dall'adrenalina, si sentì vulnerabile, esposta.

Ogni parola.

E che mi dici di questo?

Ci sono molte qualità che ammiro in una persona, ma la mia preferita è la capacità di dire "mi dispiace". Non sto parlando delle scuse veloci che le persone formulano quando vanno a sbattere accidentalmente contro qualcuno, ma delle scuse profonde, sentite, che ti strappano di dosso il tuo ego e ti umiliano al cospetto della persona a cui hai fatto un torto.
So che ti senti in colpa per ciò che è successo, so che ti vergogni. Ma a prescindere da ciò che pensi, ti meriti il perdono. Hai pagato per ciò che hai fatto. Concediti di essere felice e, se non ci riesci, almeno permettimi di essere al tuo fianco, così ti posso mostrare come si fa.

Sì.

E sei sicura che è ciò che vuoi? Io e te? Senza ritrattazioni o ripensamenti?

Al 100%. Salti?

«Che sta succedendo?», le sussurrò Nicky mentre uscivano dalla classe. Ogni sua parola trasudava preoccupazione. «Che cosa ha detto?»

«Sto aspettando». Keeley strinse il telefono. L'attesa la stava uccidendo.

«Aspettando cosa?», chiese Nicky.

Solo se salti con me.

Il viso di Keeley si aprì in un sorriso enorme.
«Keeley?», la incalzò Nicky. «Aspettando cosa?»
«Di fare un salto nel buio».

Capitolo 26
Vengo catturata

Keeley si guardò allo specchio e si strappò le mollette che le tenevano indietro le ciocche marroni. Era da venti minuti che se ne stava in bagno ad arricciare e ad armeggiare con i capelli, e che cosa aveva ottenuto? Assolutamente niente. Semmai, i suoi capelli erano persino peggiorati. Di norma, li avrebbe raccolti in uno chignon e l'avrebbe fatta finita, ma quel giorno non era un giorno qualsiasi. Nel giro di mezz'ora si sarebbe vista con Talon per la prima volta da quando si erano scambiati quei messaggi.

Si sentiva formicolare la pelle tanto per il nervosismo quanto per l'eccitazione. Quell'incontro le sembrava importantissimo, più del loro primo appuntamento. Ormai tutti i segreti erano venuti a galla e tutti i panni sporchi erano stati lavati. Non c'erano più scuse per scappare. Erano arrivati al capolinea, o meglio, potevano finalmente costruire una relazione combattendo ad armi pari e niente li tratteneva più.

"Se solo ora riuscissi a domare questa bestia", pensò tra sé, prendendo un pettine e cominciando a sciogliere i nodi.

Dieci minuti dopo, scese al piano di sotto con la testa che le faceva male e con più o meno un chilo di lacca sui capelli. Quando andò in soggiorno a prendere la borsa, passò accanto a suo fratello, parcheggiato davanti alla TV e sdraiato sul divano nella stessa posizione in cui lo vedeva da colazione.

«Vai da qualche parte?», le chiese, svogliatamente, con una mano dietro la testa e una sul telecomando, intenta a fare zapping tra i canali.

«Al pontile».

«Ti accompagno?». Lasciò cadere il telecomando e si mise seduto. «Ho bisogno di uscire di casa».

«Io vado sul lungomare, tu resta pure qui». Lontano da Talon.

Lui la guardò con gli occhi ridotti a fessure mentre studiava il suo viso. Qualcosa dovette tradirla perché, un secondo dopo, lui gemette. «Ancora questa storia? Pensavo che avessi chiuso definitivamente con lui».

«So che non ti piace e mi sta bene». Aveva accettato il fatto che non sarebbero mai andati d'accordo. «Ma i tuoi sentimenti non influenzano la mia relazione con lui, proprio come i suoi non influenzano la nostra».

«Invece contano», ribatté lui. «Come potrebbe essere altrimenti?».

Non voleva tirare in ballo un argomento doloroso, ma lui non le lasciava scelta. «Se Claire volesse tornare con te e io ti dicessi che non mi piace?».

Zach arricciò il naso. «Non c'è motivo per cui lei non debba piacerti. Non ti ha mai fatto niente».

«Ma se comunque non mi piacesse?», insistette lei. «Che faresti allora? Le diresti di no? Rinunceresti a lei?».

Lui strinse le labbra.

«Vedi? Non è così facile. Vado a prendermi quello che desidero. Ti voglio bene, ma devo fare ciò che mi rende felice, e Talon mi rende felice».

Sollevò la testa e la guardò negli occhi, con un sorriso triste appiccicato in faccia. «Porto Tucker a fare una passeggiata. Ci vediamo dopo».

«Aspetta, Zach...».

Ma ormai lui era già fuori dalla porta con il guinzaglio in mano. Perciò Keeley prese la borsa e andò da Talon.

Talon la stava già aspettando quando lei si fermò nel parcheggio. Se ne stava seduto su una panchina in una posizione rilassata, intento a osservare silenziosamente le onde con un pacchetto di marshmallow di fianco. Non sembrava per niente nervoso. Forse era solo lei a credere che questo incontro avesse una grandissima importanza. Mentre si avvicinava a lui, Keeley si accorse che continuava a guardarsi le mani e a sciogliere le spalle.

«Ciao», gli disse, esitante, rallentando man mano che si faceva più vicina.

Al suono della sua voce, Talon sollevò di scatto la testa ed espirò. «Ce l'hai fatta».

«Già». Girò attorno alla panchina e si fermò, incerta su come comportarsi. Qual era esattamente il protocollo quando si trattava di vedere un ex con cui stavi per rimetterti? Doveva abbracciarlo? Non doveva toccarlo per niente? Doveva dargli una cortese stretta di mano? Fare una battuta?

Talon si alzò bruscamente e si infilò qualcosa in tasca: il suo telefono. Spalancò gli occhi quando scorse brevemente lo schermo: erano i suoi messaggi. Li stava rileggendo? Talon le fece un sorriso timido. All'improvviso il rigido fascio di nervi che sentiva si sciolse e Keeley seppe che sarebbe andato tutto bene.

«Perché te ne stai così distante?», le chiese.

«Sto aspettando il mio abbraccio».

Talon fece due lunghi passi verso di lei e la prese tra le braccia, lasciandola senza fiato. «Pensavo che non saresti mai arrivata», sussurrò.

«Conosco la sensazione», gli sussurrò di rimando, ricacciando indietro le lacrime.

Alla fine, la lasciò andare e decisero di fare una passeggiata sulla spiaggia.

«Allora, che facciamo ora? Ricominciamo da capo facendo tabula rasa?», le chiese, prendendola per mano.

«Non credo che sia possibile».

Talon arricciò il naso mentre si allontanava da lei e calciava una conchiglia. «Che stai dicendo? Che mi rinfaccerai sempre ciò che ho fatto?»

«Non intendevo questo», gli disse, avvicinandosi a lui e prendendolo a braccetto. «Ti ho perdonato il fatto di aver avuto dei segreti con me, ma non credo che possiamo andare avanti facendo finta che la cosa non sia mai accaduta. È successa, ma abbiamo voltato pagina, ed è questa la differenza. Almeno, spero che sia così». Sentì un muscolo del braccio di Talon contrarsi e le sue labbra si piegarono all'ingiù. «Vero?».

Talon aprì la bocca, ma la richiuse subito.

«Che c'è?», chiese, lanciandogli un'occhiata ansiosa.

Lui si strofinò la mascella. «Penso che dobbiamo discutere di una cosa prima di poter davvero voltare pagina».

Keeley inspirò profondamente ed espirò prima di replicare: «Okay, di che vuoi discutere?»

«So che hai detto che ti fidi di me, ma è davvero così? Mi credi quando affermo che non ti tradirei mai? Perché non voglio affrontare tutto questo di nuovo, Keeley. Ho bisogno di sapere che non mi rinfaccerai la faccenda ogni volta che ci sarà un problema».

Keeley represse l'impulso di annuire in fretta. Chiaramente lui ci aveva riflettuto molto e anche lei doveva fare lo stesso. «Sono convinta che non mi mentirai più, ma prima posso chiederti una cosa?»

«Certo».

«Ho bisogno che tu mi prometta che non prenderai più decisioni al posto mio. Non mi è piaciuto il modo in cui è venuta fuori la storia di Claire. Puoi farlo?».

La guardò negli occhi e annuì. «Posso. Sarò sincero da qui in avanti».

Keeley prese quella promessa e se la tenne stretta al cuore. «Allora, sì, Talon, mi fido di te».

«Bene», mormorò lui, fermandosi, «altrimenti questa sarebbe potuta essere una conversazione parecchio imbarazzante».

Lei rise e gli allacciò le braccia al collo. «E che mi dici di te? Ti fidi quando ti dico che non ti lascerò più?».

Le sistemò una ciocca di capelli e poi le mise le mani sui fianchi. «Mi fido di te, bambola. Hai dimostrato alla grande che posso fidarmi quando mi hai rubato il telefono».

«Non ho rubato proprio niente».

La attirò a sé finché il suo corpo non aderì perfettamente al proprio. Si chinò per sussurrarle: «Come definisci allora il fatto che abbiamo l'uno il telefono dell'altra?».

Sollevò la testa e gli disse: «Ottima pianificazione».

«Uhm», mormorò lui, catturando le sue labbra in un bacio che fece sentire a Keeley le farfalle nello stomaco. Sollevandosi il più possibile sulle punte, chiuse gli occhi e si lasciò travolgere da Talon.

Un fischio acuto trapassò l'aria, penetrando nella nebbia che offuscava il suo cervello. Staccandosi da lui, vide da sopra la spalla di Talon un gruppo di ragazzi delle medie che li fissavano.

«Abbiamo compagnia».

«E chi se ne frega?», borbottò, cercando di baciarla di nuovo. Keeley, però, deviò i suoi assalti.

Spostandosi di lato, lo sgridò: «Sono ragazzini!».

Lui alzò gli occhi al cielo. «Almeno imparano una mossa o due».

Fu il turno di Keeley di alzare gli occhi al cielo; lo prese per il braccio e si spostarono più in là sulla spiaggia, lontano da ragazzini impressionabili.

«Ehm, penso che qualcuno ti stia cercando», disse Talon, sollevando il telefono di Keeley. C'erano tre chiamate senza risposta e quattro messaggi. Lei gli tolse il telefono di mano e vide che erano tutti di Zach.

Quando torni a casa?

Keels? Ci sei? Mi serve un orario.

Torni presto?

Piantala di fare gli occhi dolci al tuo ragazzo e rispondi al telefono!

«Che c'è che non va?», le chiese Talon, accarezzandole la schiena. Keeley si spostò più vicino a lui. Talon prese a massaggiarle le spalle.

«Zach», sospirò lei e si abbandonò al suo tocco.

Le dita di Talon strinsero la presa. «Che vuole?»

«Chi lo sa?», rispose, seccata dall'atteggiamento di suo fratello. Aveva davvero intenzione di comportarsi in modo meschino? «Continua a chiedermi a che ora torno a casa, come se gli importasse poi. Vuole solo rovinarmi il momento… e non glielo permetterò».

Non si prese la briga di leggere il messaggio successivo, probabilmente si trattava di un insulto di qualche tipo nei confronti di Talon. Stava mettendo via il telefono quando Talon le afferrò il braccio.

«Dovresti rispondergli», le disse.

Sorpresa, alzò la testa per guardarlo. «Davvero? Vuoi che risponda?»

«Magari è preoccupato».

«Sa che sono con te. Fa così solo per darci fastidio».

«Probabile», riconobbe Talon con un cenno del capo.

«È certo, non probabile».

«*Ma*», replicò Talon, enfatizzando la parola, «potrebbe esserci la minima possibilità che sia qualcos'altro».

Lo guardò con gli occhi ridotti a fessure. «Perché sei così gentile in proposito?».

La fece voltare, in modo che si potessero guardare negli occhi. «Perché se sto con te, avrò a che fare per forza con lui. Rispondigli e basta, così poi possiamo scordarci di lui».

Non so quando torno. Perché?

Stai fuori oltre il coprifuoco?

Diede un'occhiata a Talon che, a qualche metro di distanza, si stava arrotolando i jeans. Alzò lo sguardo e le fece un ampio sorriso, indicando una paletta e un secchiello che qualcuno si era dimenticato.

Non penso.

Mamma e papà sanno con chi sei uscita?

Prima che potesse rispondere, Zach le mandò un altro messaggio.

Devo sapere che cosa dirgli se ti devo coprire.

Sbatté le palpebre quando rilesse il messaggio.

Coprirmi? Lo faresti?

Be', sì.

Sarebbe stato disposto ad aiutarla a passare del tempo con Talon? Il suo messaggio era più che eloquente.

Non credo di fare tardi, ma nel caso ti faccio sapere.

E grazie, significa molto.

Mi hai coperto le spalle un sacco di volte.
È anche ora che ricambi il favore.

Vuol dire che accetti Talon come mio ragazzo?

Non esagerare. Diciamo che lo tollero.
Per ora. Divertiti.

Mentre tornava da Talon, che stava già iniziando a costruire un castello di sabbia – o almeno, ci stava provando – si chiese se il nuovo atteggiamento di suo fratello si estendesse anche ai rapporti con le ragazze. Con un po' di fortuna, avrebbe potuto modificare il proprio modo di fare e finalmente ne avrebbe trovata una che gli piaceva sul serio. Voleva che anche lui si sentisse felice tanto quanto lo era lei in quel momento.

«Tutto bene?», le chiese Talon, gettando una manciata di sabbia bagnata su un altro mucchio di sabbia bagnata.

Gli raccontò brevemente della sua conversazione con Zach e lui sembrò tanto sorpreso quanto lei ma, quando Keeley suggerì che sarebbero potuti diventare amici, la sua sorpresa si trasformò in un feroce cipiglio.

«Potrebbe succedere!», esclamò lei. Di fronte alla sua espressione sconcertata, strizzò l'occhio.

All'improvviso, la afferrò per la vita e la fece girare su se stessa. «Talon», rise lei, aggrappandosi alle sue spalle, «che fai?»

«Pensavo che fosse ovvio», replicò, facendola piroettare ancora un po' prima di rimetterla delicatamente a terra. «Sto festeggiando».

«Il fatto che mio fratello ci abbia dato la propria approvazione?»

«Non mi importa affatto di quello. No, sto festeggiando noi». Appoggiò la fronte contro la sua e le prese le mani, portandosele al petto. «Ce l'abbiamo fatta, Keeley».

Lei aggrottò le sopracciglia. «Potremmo avere problemi... non si sa mai...». La Edgewood e la Crosswell sarebbero sempre state nemiche. E il college? Lei se ne sarebbe andata, e anche lui.

Talon si premette le sue mani sul cuore, lasciando che sentisse il proprio battito regolare. «Ma possiamo superare qualsiasi ostacolo si metta sul nostro cammino». Il suo tono la sfidava a contraddirlo.

Keeley sentì un moto d'affetto nei suoi confronti, si sollevò sulle punte dei piedi e lo baciò sulla guancia. «Dài», gli disse, tirandolo per mano. «Andiamo a finire il tuo castello di sabbia».

«Il mio castello di sabbia?». Talon avvampò. «Ma non è un castello».

Keeley guardò il mucchio deforme e sospirò di sollievo. «Meno male, perché non sapevo come dirtelo, ma sembra uscito da un racconto horror. Che stavi cercando di costruire, comunque?»

«È un forte!», esclamò lui, con gli occhi che lampeggiavano per l'indignazione.

«Oh! Oh…».

«È chiaramente un forte! Quella è la torre di guardia». Indicò una pila sgraziata con delle rocce in cima. «E vedi? Qui c'è la caserma e la…». Mentre lui continuava a indicarle le parti essenziali del suo cosiddetto forte, lei rise silenziosamente, chiedendosi come avesse fatto ad avere dei bei voti in educazione artistica.

«Mi stai ascoltando?», le chiese.

«Certo», rispose, riuscendo a rimanere seria. «La caserma. Come ho fatto a non vederla prima? È così ovvio».

Fece un passo verso di lei, e i suoi occhi brillavano. «Tu, bambola, porti guai».

«Mai», lo prese in giro lei, arretrando di un passo.

Talon iniziò ad avanzare, con il sole che gli illuminava i capelli biondi. «Forse dovrei metterti nelle prigioni».

«Prima devi prendermi», lo provocò, scappando di corsa lungo la spiaggia. Sentì che la chiamava e intanto iniziava a correre. Le sue lunghe gambe si lanciarono al suo inseguimento. Ridendo, Keeley gli mandò un bacio e poi permise al ragazzo che le aveva rubato il cuore di acciuffarla una volta per tutte.

Ringraziamenti

Vorrei personalmente ringraziare le seguenti persone, senza le quali *Destiny* non avrebbe mai visto la luce del sole.

Grazie alle mie lettrici su Wattpad: il vostro entusiasmo per *The Cell Phone Swap* mi ha aiutata ad andare avanti quando volevo mollare e smettere di scrivere. Grazie per avermi sempre incoraggiata. Siete voi la ragione per cui scrivo.

Al team di Wattpad, specialmente ad Ashley Gardner, a Caitlin O'Hanlon e ad Aron Levitz, per aver creduto nella mia storia. Avete lavorato duro perché il mio sogno diventasse realtà. Non ce l'avrei mai fatta senza di voi.

Alla mia editor, Kate Egan. Non dimenticherò mai il tuo primo commento: «Altri marshmallow!». Penso che sia stato allora che ho saputo che avevi "capito" la mia storia. Grazie per avermi mostrato come procedere e per avermi resa una scrittrice migliore. I tuoi consigli sono stati di inestimabile valore.

A Lisa Lyons, che ha letto la prima bozza su Wattpad, piena di errori e contraddizioni, e ci ha visto comunque qualcosa che valesse la pena di pubblicare. Grazie per aver corso un rischio con la mia storia.

E infine, ai miei genitori, Kollin e Joann. Il vostro supporto costante è la mia àncora. La cosa più bella nel veder pubblicato il mio libro è stato osservare l'orgoglio dipinto sui vostri volti. Grazie di tutto. E, no, papà, non puoi avere il dieci per cento.

Indice

Anagramma

Ultimi volumi pubblicati:

Michelle Gable, *Ritorno a Parigi*
Daniela Volonté, *Non chiamarmi di lunedì*
M. Leighton, *Tutto è possibile tra noi*
R.K. Lilley, *Prova a farmi volare*
Jillian Dodd, *That Boy*
Jillian Dodd, *That Girl*
Jillian Dodd, *That Baby*
Megan Maxwell, *Sorprendimi*
Lauren Rowe, *Insieme per gioco*
Lauren Rowe, *Insieme per passione*
Lauren Rowe, *Insieme per amore*
L.A. Casey, *Love. Un nuovo destino*
Brittainy C. Cherry, *L'amore arriva sempre al momento sbagliato*
Andrea Portes, *La ragazza dell'ultimo banco*
Jay Crownover, *Oltre il destino*
Dinah Jefferies, *Il profumo delle foglie di tè*
Patrisha Mar, *Ti ho incontrato quasi per caso*
Kirsty Moseley, *Con te toccherò il cielo con un dito*
Angela Iezzi, *Gli effetti speciali dell'amore*
Olivia Dade, *Il ragazzo del libro accanto*
Staci Hart, *Un meraviglioso amore impossibile*
Adelia Marino, *Ogni giorno per sempre*
Sylvia Kant, *Prova ad amarmi ancora*
Massimo Incerpi, *La storia d'amore più bella del mondo*
Jay Crownover, *Oltre le leggi dell'attrazione*

Ali McNamara, *Il piccolo negozio di fiori in riva al mare*
Ali Novak, *Uno splendido errore*
Lisa Owens, *Giovane carina molla tutto e cambia vita*
Anna Premoli, *L'importanza di chiamarti amore*
Samantha Towle, *The Bad Boy*
Meredith Wild, *Senza difese*
Meredith Wild, *Senza colpa*
Meredith Wild, *Senza pentimento*
Meredith Wild, *Senza controllo*
Pepper Winters, *Io ti pretendo*
Eve Makis, *La scatola delle lettere perdute*
Jen McLaughlin, *Mi manchi tu*
Sara Shepard, *Giovani, carine e bugiarde. Spietate*
Kristen Proby, *Chiaramente mi innamoro*
M. Leighton, *Niente è impossibile*
Alessandra Angelini, *Non dirgli che ti manca*
Carole Matthews, *Christmas Party*
Indigo Bloome, *Match Point*
Portia Da Costa, *Il maestro del gioco*
Miranda Dickinson, *La piccola libreria di New York*
Penelope Douglas, *Odiami quanto io ti amo*
Elisa Gentile, *Mi manchi, ti voglio, ti perdono*
Kody Keplinger, *TVB. Ti Voglio Bene*
Lucrezia Scali, *La distanza tra me e te*
Anna Premoli, *È solo una storia d'amore*
Cecile Bertod, *Ti amo ma non posso*
Karen Swan, *Natale a Notting Hill*
Cinzia Giorgio, *La collezionista di libri proibiti*
Claire Contreras, *Life is love*
Livia Ottomani, *Il condominio degli amori segreti*
Laurie Elizabeth Flynn, *First. La mia prima volta*
L.A. Casey, *Love. Fidati di me*
Monica Murphy, *La sottile linea dell'amore*
Jessica Sorensen, *Io e te = amore*
Elizabeth Craft - Shea Olsen, F*lower*
Meredith Wild, *Senza rimpianto*

Elle Kennedy, *Il contratto*
Robin York, *Non dimenticarmi mai*
Amy Harmon, *Hai cambiato la mia vita*
Brittainy C. Cherry, *Ti amo per caso*
Jessica Clare, *Ho scelto di amarti*
Jessica Sorensen, *Con te sarà magia*
Lauren Rowe, *Insieme per sempre*
Lauren Rowe, *Un incontro all'improvviso*
Lauren Rowe, *Un bacio all'improvviso*
Karina Halle, *Dream. Patto d'amore*
Jay Crownover, *Bad Love*
Laura Gay, *Mille notti di te e di me*
Pepper Winters, *Nessuna scelta*
Jan Moran, *Il giardino segreto di Parigi*
Samantha Towle, *The Wild Boy*
K.A. Linde, *Sette giorni di te*
Cecile Bertod, *Dopo di te nessuno mai*
Jodi Ellen Malpas, *The Protector*
Molly McAdams, *La rivincita siamo noi*
Gail McHugh, *Innamorata di uno sconosciuto*
Daniela Volonté, *La meraviglia di essere simili*
Nicole Williams, *Il nostro dolcissimo segreto*
Kylie Scott, *Doppio gioco*
Morgane Bicail, *Phoneplay*
Felicia Kingsley, *Matrimonio di convenienza*
Patrisha Mar, *Apri i tuoi occhi*
Morgan Matson, *Un amore inaspettato*
Kristen Ashley, *Non dirmi di andare via*
Siobhan Vivian, *Noi, gli unici al mondo*
Claire Contreras, *Love for Love*
Emily Henry, *Tutto l'amore che mi manca*
Tania Paxia, *Le strane logiche dell'amore*
Cassandra Rocca, *Tutta colpa di quel bacio*
Elisabetta Lugli, *La libreria degli amori impossibili*
Anna Premoli, *Un imprevisto chiamato amore*
Lindsey Summers, *Destiny. Un amore in gioco*